KB268089

사소하게
대단하게
별스럽지 않게

Deux Fois Rien

Deux Fois Rien by Marie-Sophie Vermot
Copyright © Editions Thierry Magnier, 2006

No part of this book may be used or reproduced in any manner whatever without written
permission except in the case of brief quotations embodied in critical articles or reviews.

Korean Translation Copyright © 2009 by Chungeoram Junior
Korean edition is published by arrangement with Editions Thierry Magnier
through BC Agency, Seoul Korea

이 책의 한국어 판 저작권은 BC 에이전시를 통한 저작권자와의 독점 계약으로 청어람주니어에 있습니다.
신저작권법에 의해 한국 내에서 보호를 받는 저작물이므로 무단전재와 복제를 금합니다.

이 도서의 국립중앙도서관 출판시도서목록(CIP)은 e-CIP 홈페이지(http://www.nl.go.kr/ecip)에서
이용하실 수 있습니다. (CIP제어번호: CIP2009000147)

사소하게
대단하게
별스럽지 않게

마리소피 베르모 글 · 김동찬 옮김

청어람주니어
Chungeoram Junior

달콤함보다 더한 폭력은 없습니다.

1952년 6월 12일
니콜라 드 스타엘이 르네 샤르에게 보낸 편지에서

고등학교 1학년의 첫 학기가 시작되는 날 아침, 뉘알라는 클로슈 호텔의 현관을 나섰다. 그녀는 태어날 때부터 할아버지, 부모님과 함께 이 호텔에서 살았다. 주위를 둘러보았다. 맞은편에 나이 든 신사가 골동품 가게 진열창 앞을 지나고 있고, 그쪽 현관에서 엄마처럼 보이는 사람이 시끄럽게 떠드는 아이 둘을 끌고 나오고 있다. 특별한 것은 없었다. 다시 한 번 하늘을 올려다보았다. 구름이 끼고 꾸물꾸물 했지만 빗방울이 듣지는 않았다. 뉘알라는 걸음을 재촉했다. 어깨에 멘 가방이 엉덩이에서 요동치고 있었다.

오늘 아침 옷장에서 목둘레에 진분홍이 들어간 스웨터를 꺼냈다. 목이 드러난 부분에서 가방 끈이 목에 쓸렸다. 뉘알라는 걸음을 늦추지 않고 가방 끈과 목 사이에 손가락을 끼워 넣었다. 도시를 가로질러 항구 쪽으로 내려갔다. 카스텔리 고등학교가 있는 방향이다. 카스텔리 고등학교에 가는 건 오늘이 처음이었다. 언니 자코트가 지난밤에 이렇게 말했다.

"올 1년 동안 재밌게 보내렴. 너도 알게 되겠지만, 내년부터는 시험에 치여 살 테니."

휠체어를 타고 고등학교를 다닌 자코트에게서 그런 말을 듣는 게 이상했다. 언니는 7월이면 스무 살이다. 지금 원거리교육원에서 학사 과정 졸업논문을 준비하고 있다.

뒷자리에 사람을 태운 스쿠터 두 대가 요란한 소리를 내며 뉘알라를 지나쳐 갔다. 쾌활한 목소리들이 여기저기에서 들려왔다. 학교에 가까워질수록 심장이 점점 빠르게 뛰는 것을 느꼈다. 잠깐 사이 뉘알라는 완전히 낯선 얼굴들 한가운데에 있었다. 중학교 동창들은 거의 도시 북쪽에 있는 폴 클로델 고등학교로 진학했다. 뉘알라 역시 어린 시절을 그 근처에서 보냈으니, 그 학교에 진학해야 했을 것이다. 하지만 뉘알라는 예술 전공이 있는 학교에 가고 싶었다. 결국 엄마가 항복하고 말았다.

"왜 안 되겠어? 해도 안 뜬 꼭두새벽에 일어나서 도시 반대편 끝까지 달려갈 수 있다면 말이야. 네 맘대로 하렴."

미술 과목을 담당하고 있는 갈라르 담임 선생님은 카스텔리 고등학교로 원서를 고쳐 써 주었다. 개학이 가까워 올수록 그렇게 먼 데까지 다닐 수 있을지 걱정이 되었다.

고등학교의 철문은 엄청나게 높았다. 문 위의 뾰족한 장식들이 하늘로 날아오르고 있었다. 처음부터 느낌이 좋지 않았다. 엄청나게 많은 학생들이 교문으로 밀려들어 왔다. 교문에 다가갈수록 맑은 웃음소리와 기쁨에 젖은 탄성도 높아졌다. 뉘알라는 붐비는 학생들 틈을 간신히 빠져나와 운동장에 들어섰다. 뒤따라오는 시선을 무시하고 학교 본부 건물을 향해 갔다. 그 앞에 반 배정표가 게시되어 있었다.

'1학년 5반 예술 전공'

학생은 총 스물여섯 명, 뉘알라 데세뉴의 이름도 거기에 있었다. F동 106호를 찾아갔다. 복도 끝에 남학생과 여학생이 길을 막고 얘기를 하고 있었다. 뉘알라보다 상급생인 것 같았다. 벽에 기대어 한참을 기다렸다. 눈길을 둘 데가 없었다. 그러다 갑자기 울린 종소리에 깜짝 놀랐다. 어디서인지 학생들이 몰려왔다.

담임 선생님은 갈라르 선생님과 분위기가 비슷했다. 자리에 혼자 앉자 기분이 좀 나아졌다.

"내 이름은 알리스 발랑탱이야. 국어 담당이지."

담임 선생님이 말을 시작했다.

"첫 시간이니까, 우리 서로 인사나 할까? 물론 간단한 자기 소개서를 내야겠지. 오늘 하루 종일 다른 선생님들에게도 자기 소개서를 쓰게 될 거야. 그런 것 말고, 이 시간에는 한 명씩 앞으로 나와서 반 친구들에게 자기를 소개하는 시간을 가졌으면 해. 누가 먼저 시작할까?"

모두 당황한 눈빛으로 교실을 둘러보았다. 서로 흘끔흘끔 훔쳐볼 뿐이었다.

"그냥 몇 마디면 충분할 것 같아. 내 이름은 무엇입니다. 어디에서 왔고, 어디에 살고, 내가 좋아하는 것은 무엇이고……."

진부한 소개 방식에 교실 여기저기에서 킥킥대는 웃음소리가 들렸다. 여자애 하나가 손을 들었다.

"제가 먼저 할래요."

뉘알라는 그애의 날씬한 옆모습을 바라보았다. 허리 짧은 짙푸른 청바지에 검은 티셔츠를 입고 있었다. 여자애는 산책하듯 책상 사이를 천천히 걸어 나가더니 가볍게 교단 위로 올라갔다.

금발의 긴 생머리, 건강하게 탄 얼굴에는 잡티 하나 없었다. 소녀는 눈을 똑바로 뜨고 교실을 휘둘러보았다. 눈에 띄게 아름다운 푸른 눈이었다. 그 여자애는 자기가 예쁘다는 걸 잘 알고 있는 듯했다. 자기 때문에 교실이 술렁거릴 걸 예상했다는 태도였다. 교실은 갑자기 조용해졌다. 모두 그 여자애를 바라보고 있었다.

"내 이름은 카퓌신 르루와."

그녀가 입을 열었다.

"시골에서 왔어. 워낙 오지 마을이라 마을 이름을 말해도 너희 모를 거야. 중학교는 보에서 다녔어. 그리고 내가 좋아하는 것은……."

"남자 후리기!"

뉘알라 뒤에 있는 소녀가 큰 소리로 말했다.

"내가 좋아하는 것은 싱크로나이즈드 스위밍이야. 지역 대표 팀에 소속되어 있어."

"훌륭해."

발랑탱 선생님이 말했다.

"그런데 예술 전공을 선택했구나."

"성악을 하려고요. 보의 합창단에 있었어요. 노래를 좀 더 잘

하고 싶어요."

"좋아. 고맙다, 카퓌신. 다음은 누가 할까?"

이제는 여러 명이 손을 들었다. 시동이 걸린 것이다. 저마다 자기가 어떤 사람인지 무엇을 공부하고 싶은지 소개하고 싶어 했다. 교실이 수런거렸다.

"좀 조용히 하자."

발랑탱 선생님이 다시 말했다. 뉘알라는 반 아이들의 소개를 주의 깊게 듣고 있었다. 그 또래 소녀들은 대부분 비슷했다. 허리가 짧은 청바지에 딱 붙는 티셔츠, 가벼운 목걸이나 특이한 팔찌를 차고 있었다. 안경을 썼거나 그렇지 않거나 정도가 차이였다. 금발에 갈색 머리, 붉은 머리 할 것 없이 누구건 얼굴에 찰싹 달라붙는 생머리를 하고 있었다. 아무도 뉘알라처럼 긴 곱슬머리를 한 아이는 없었다. 그리고 누구도 뉘알라처럼 어깨가 건장하지도 않았다. 오펠리는 조각가가 되고 싶다고, R&B 음악에 미쳐 있다고 했다. 다비드는 중학교를 끔찍하게 싫어했고, 고등학교에서는 훨씬 즐거운 삶이 열릴 거라고 기대하고 있었다. 그것 말고는 장래에 대해 생각해 본 적은 없다고 했다. 폴린은 최신 유행에 민감하고 무에타이를 하고 있다고 했다.

"어떤 운동인지 설명해 줄 수 있겠니?"

발랑탱 선생님이 물었다.

"발도 쓸 수 있는 권투라고 생각하면 되는데요. 온몸을 사용할 수 있어요. 팔, 다리, 팔꿈치, 무릎, 타격할 수 있는 부위는 거의 다 사용할 수 있어요."

다비드 근처에서 휘파람 소리가 났다.

"휘파람 분 사람 이름은?"

발랑탱 선생님이 물었다.

"세자르입니다."

"좋아 세자르, 이제 네 소개를 해 줄래?"

세자르는 발을 질질 끌며 교단으로 나갔다. 키는 훤칠했고, 갈색 머리는 번개 맞은 것 같았다. 세자르는 교단에 올라서서, 정중하고 고풍스럽게 선생님에게 인사했다. 교실에 웃음이 터졌다. 세자르는 친구들을 향해 돌아섰다.

"에…… 제 이름은 세자르입니다. 에…… 세자르 갈뤼샤. 저는…… 에…… 몽토르에 살아요. 학교 바로 뒤죠. 성악 부전공이에요. 그러니까…… 카퓌신처럼 말예요. 그것 말고…… 저는…… 에…… 첼로를 연주해요."

"몽토르에서?"

발랑탱 선생님이 물었다.

“예에…… 음악원에 다닙니다.”

“좋아. 세자르 다음에 누가 할까? 아직 자기소개 안 한 사람이 누가 있지?”

뉘알라는 근심에 찬 눈으로 주변을 둘러보았다. 뉘알라 말고 두 명이 손을 들었다. 손 든 학생들은 순서를 서로 미루는 눈치였다. 뉘알라가 조용히 의자를 밀고 자리에서 일어났다. 모든 시선이 뉘알라를 향했다. 얼굴이 뜨거워지는 것을 느꼈다. 너무 더웠다. 9월 초에 스웨터를 입고 오다니 얼마나 바보 같은 짓인가? 뉘알라는 교단을 향해 걸어갔다. 발랑탱 선생님이 한마디 하기 전에 교실은 조용해졌다. 뉘알라가 교단으로 올라섰다. 발랑탱 선생님이 용기를 내라는 듯 뉘알라를 보고 웃어 주었다.

“제 이름은 뉘알라 데세뉴입니다.”

앞을 똑바로 바라보며 뉘알라가 입을 열었다. 입이 말라서 목소리가 잘 나오지 않았다. 발랑탱 선생님을 바라보았다. 선생님은 계속 웃고 있었다.

“몽토르의 로조 중학교를 나왔고, 그러니까 저기 북쪽 멀리 있는…… 저는 음…… 미술 전공을 선택했습니다. 나중에 보석을 만들고 싶어요.”

“어떤 종류의 보석을 만들고 싶은 거지?”

발랑탱 선생님이 물었다.

"준보석을 만들고 싶어요. 원석을 가공하고, 직접 도안하고 싶어요."

"잘했어요. 뉘알라, 고마워요. 뉘알라 다음은 누가 할까?"

"할 얘기가 한 가지 남았어요."

"미안, 계속해요. 자 들어 봅시다."

뉘알라는 마른기침을 했다. 목이 탔다. 점점 몸이 뜨거워졌지만, 얘기를 다 마치고 나서는 그저 이전처럼 편안해졌다. 이제 반 아이들에게 비밀이 없어졌기 때문이다. 뉘알라를 불편하게 했던 비밀은 바로 이것이었다.

"저기요. 이런 자리에서 말하기가 약간 어렵기는 하지만요. 하지만 여러분도 알고 있어야 하니까요. 저는 임신 중이에요. 5개월 되었어요. 아이는 성탄절 즈음해서 태어날 거예요."

발랑탱 선생님도 올 한 해 계획이 있다고 했다. 학급 전체가 1
년 동안 준비해야 하는 거대한 계획인데, 학생들이 활동에 충실
할 수 있도록 학년말고사를 생략하겠다고 했다. 계획을 구체적
으로 설명하기 전에 남아 있는 두 학생의 자기소개가 먼저 있
었다.

뉘알라는 자리로 돌아와 앉았다. 이상하게도 자리로 돌아와
앉는 동안 아무도 뉘알라를 쳐다보지 않았다. 뉘알라의 소개가
끝나고 나서 교실은 쥐 죽은 듯 조용해졌다. 발랑탱 선생님이
수줍음을 많이 타는 두 학생을 격려하는 목소리뿐이었다. 뉘알
라는 오른손을 볼에 가져다 댔다. 열기가 조금 가시는 것 같
았다.

"창문 열어 줄까?"

옆줄에 앉은 여학생이 말했다. 오펠리였다. 연민 가득한 눈빛으로 뉘알라를 바라보고 있었다. 뉘알라는 조금 전에 학생들 앞에서 이렇게 말했다.

"난 애를 낳아서 기를 거예요. 공부도 계속할 생각이고요. 겨울에 출산을 하고 나서 내년에 꼭 2학년에 올라가고 싶어요."

발랑탱 선생님을 흘긋 바라보았다. 마음이 한결 편해졌다. 발랑탱 선생님은 이미 뉘알라의 상황을 알고 있었을 것이다. 카스텔리 고등학교의 구종 교장 선생님은 뉘알라가 보통 학생과 똑같이 생활하고, 학업 진도를 정상적으로 따라간다는 조건 아래 뉘알라의 입학을 허가해 주었다. 그리고 임신한 사실을 다른 이들에게 알리는 문제는 전적으로 뉘알라의 선택에 맡겼다. 뉘알라는 선생님과 반 아이들에게 공개하기로 결정한 것이다.

뉘알라가 오펠리에게 속삭였다.

"그럴 필요 없어. 창문을 열면 찬바람이 들어오잖아."

할아버지는 문 여는 소리가 날 때마다 으름장을 놓았다. 가족들은 할아버지가 찬바람을 얼마나 싫어하는지 잘 알고 있었기 때문에 쓸데없이 할아버지를 자극하지 않도록 조심했다.

수줍어하던 두 학생은 자기소개를 간단하게 끝냈다. 하지만 뉘알라의 귀에는 한마디도 들어오지 않았다. 그래도 지금은 처음보다 훨씬 나아지는 것 같았다.

"아까 말한 계획이란 말이야."

발랑탱 선생님이 책상에 앉아 드디어 구체적인 계획을 공개했다.

"올 여름에 셰익스피어의 작품 하나를 공연하려고 해. 〈태풍〉을 했으면 좋겠네."

단박에 교실 구석에서 야유가 터져 나왔다.

"셰익스피어는 삼류예요!"

세자르가 투덜대며 말했다.

"어떻게 그런 말을 할 수 있어, 세자르? 물론 여러분이 못마땅해할 수도 있다는 것을 예상하고 있었어. 사실 나도 열여섯 살 때는 고전극을 끔찍하게 싫어했지. 하지만 어떻게 재현하는가의 문제야. 여러분 중에는 기악과나 성악과에 등록한 친구들이 있지. 우리 남편과 같이 수업을 하지?"

"음악 선생님이 선생님 남편이에요?"

다비드가 물었다.

"맞아. 자, 봐. 남편과 내가 여러분 모두의 전공과 관련된 공동 계획을 세웠어. 셰익스피어의 〈태풍〉을 음악과 노래로 공연하게 될 거야. 기악 연주도 있겠지. 지자체의 최종 승인만 얻으면, 6월에 공연하게 될 거야. 빨리 결과가 나와야 할 텐데. 에스코 해변에 야외무대를 설치할 거야. 어때?"

"작품 배경이 바닷가인가요?"

여학생 하나가 질문했다.

"그래, 정확한 배경은 섬이야. 내 생각에 진짜 바다를 무대 배경으로 삼으면 작품이 훨씬 돋보일 것 같아."

"그 많은 대사를 다 외워야 하잖아요! 안 그래요?"

남학생 하나가 물었다.

"당연히 그래야겠지."

"하지만 등장인물이 우리 반 학생 수보다 적을 텐데요?"

세자르가 말했다.

"맞아. 아까 말했지만 여러분 중 얼마는 합창단으로 참여하면 되겠어. 요정이 엄청나게 나오잖니. 연주자들도 필요하겠지. 그리고 미술 전공하는 학생들은 무대미술과 의상을 맡으면 되겠지."

"멋진데요!"

유행에 민감하다는 폴린이 외쳤다. 뉘알라는 의자가 다그락거릴 정도로 안절부절못하고 있었다. 정말 훌륭한 계획이라고 생각했다. 뉘알라가 배역을 맡겠다고 한대도 발랑탱 선생님이 반대할 것 같지 않았다. 당연히 다른 사람들은 뉘알라가 무대 미술을 맡아 줬으면 하고 바라겠지만, 프로스페로와 비교하면 눈에도 들어오지 않았다.

올 여름에 자코트의 얘기를 듣고 셰익스피어의 〈태풍〉을 읽었다. 뉘알라는 〈태풍〉에 매료되었고, 작품을 읽는 내내 자신이 프로스페로가 된 것 같았다. 뉘알라는 셰익스피어의 늙은 마법사를 보다 다정하고 따뜻한 인물로 만들 자신이 있었다. 무엇보다 연극은 글로 쓰여진 것과 다른 방식으로 인물을 해석하는 것이 중요하지 않은가. 인물에 새로운 방향을 열어 주고, 더 개성적인 모습을 부여하는 것이다. 뉘알라는 자기 안에 그러한 능력이 있다고 느끼고 있었다. 미란다 역에는 카퓌신이 적임자라는 것을 알 수 있는 것과 같은 능력이었다.

"조만간 때를 봐서 배역부터 정해야 할 것 같아. 한 일주일 동안은 저녁 시간 후에 모임을 가졌으면 해."

"정확히 뭘 해야 하는 거죠?"

카퓌신이 물었다.

"대사를 외우고 연기를 하는 거지. 배역을 정할 때 음악 선생님도 참여할 거야. 우리 둘이 배우를 선발하려고 해."

"언제 시작하는 거예요?"

다비드가 물었다. 자리에서 일어나서 당장에 실연 심사장으로 달려갈 듯이 몸을 흔들고 있었다.

"월요일이 어떨까? 오늘이 목요일이니까, 주말 동안 준비하면 될 것 같은데…… . 모두 찬성이지?"

교실은 순식간에 아수라장이 되었다. 발랑탱 선생님은 책상을 정리해서 연한 옥색의 커다란 가방에 챙겨 넣었다. 뉘알라도 짐을 정리했다. 오펠리에게 인사를 하려고 쳐다봤지만, 오펠리는 뉘알라에게 별 관심이 없었다. 왼쪽에 앉은 여학생과 열심히 수다를 떨고 있었다.

수업이 끝나는 종이 울리자, 의자 끌리는 소리가 교실에 가득했다. 학생들이 몰려 나갔다. 문이 북적댔다. 뉘알라는 가만히 앉아서 아이들이 다 빠져나가기를 기다렸다가 자리에서 일어났다. 선생님의 책상 앞을 지날 때, 뭔가 열심히 적고 있던 선생님이 손을 멈추었다. 고개를 들어 뉘알라를 보고 미소 지었다.

"잘했어. 반 친구들에게 네 상황을 알린 것은 잘한 일이라고 생각해."

뉘알라가 고개를 끄덕였다. 프로스페로에 대해 말하고 싶어 죽을 지경이었지만 적절한 상황이 아닌 것 같았다.

"안녕히 계세요, 선생님."

간단하게 인사만 남기고 복도로 나왔다.

오전 시간은 순식간에 지나갔다. 수학, 영어, 국어 수업이 있었다. 뉘알라는 쉬는 시간에 반 친구들을 피해 화장실로 갔다. 애들은 분명히 뉘알라를 둘러싸고 질문 공세를 퍼부을 것이다.

'왜 애를 낳으려고 하니? 제정신이 아닌 것 같아.'

처음으로 결심을 털어놓았을 때, 자코트가 그랬던 것처럼 여자애들이 뉘알라를 귀찮게 할 것이다. 또다시 피곤한 질문과 대답을 반복하고 싶지는 않았다. 뉘알라는 이성적으로 충분히 생각하고 결정했다. 스스로에게 생긴 일을 스스로 책임지겠다는 것으로도 충분하지 않은가? 거울을 들여다보았다. 가슴이 훨씬 커졌다. 스웨터 때문에 배가 부른 것은 별로 눈에 띄지 않았다. 부풀기를 거부하는 빵 반죽 같았다.

홀몸이 아니다. 뉘알라는 홀몸이 아니다. 이전에 뉘알라도 임신한 여자를 가리켜 그렇게 말했다. 얼마나 무서운 일인가?

여학생 하나가 들어왔다. 아마도 졸업반인 것 같았다. 거울 앞에 서서 주머니에서 립글로스를 꺼냈다. 뉘알라가 흘긋흘긋 곁눈질로 쳐다보았다.

“왜 그래? 뭘 쳐다봐?”

여학생이 퉁명스럽게 말했다.

“아니에요. 아무것도 아니에요.”

뉘알라는 서둘러 화장실을 나와 교실로 들어갔다. 다른 학생들은 언어실습실로 올라가고 있었다.

뉘알라는 자유통학생으로 등록했다. 점심시간에 학교 밖으로 나갈 수 있게 해달라고 부모님을 졸랐다.

“하여간…… 식당 음식이 끔찍하단 말이야!”

뉘알라는 애원했다. 뉘알라의 엄마, 솔랑주는 ‘깨끗한 먹거리 지킴이’라는 모임을 주도하고 있었기 때문에, 뉘알라의 부탁을 거절할 수 없었다.

“하지만 어딜 가겠다는 거야?”

엄마가 물었다.

“학교가 멀어서 집에 와서 점심을 먹을 수도 없는데…….”

“공원으로 가거나, 아니면 에스코 해변으로 갈래.”

“그건 위험해. 발랑 까진 남자애들이 있으면 어쩔래?”

“지금 어떤 남자애가 나한테 와서 꼬리를 치겠어?”

뉘알라가 얼토당토않은 소리라는 듯 웃으며 말했다.

“엄마 지금 내가 뭘로 보여? 몸매 좋고 예쁜 여자로 보여?”

결국 부모님은 혼자 나가지 않는다는 조건으로 양보하고 말았다.

“새 친구를 사귀렴. 친구 한둘과 함께라면 안심이 되겠구나.”

솔랑주가 덧붙였다.

“만성절 방학이 끝날 때까지는 다른 방법을 찾아보도록 하자. 비가 오면 어디서 밥을 먹을래?”

어쨌든 지금은 비가 내리지 않는다. 구름은 고맙게도 그저 지나갈 뿐이다. 그리고 다시 해가 빛난다. 뉘알라는 공원 한구석 조용한 자리를 찾았다. 치근대는 놈이 있을 때는 공원 정문 근처에 자리를 잡았다.

3

거정을 잔뜩 안고 시작한 첫 학기였지만, 그렇게 나쁘지는 않았다. 뉘알라는 주말 동안 앞으로 닥칠 장애물과 어려움을 꿋꿋이 이겨 내야겠다고 새로 다짐했다. 호기심에 찬 눈길, 마뜩잖은 시선, 과도하게 친절한 선생님이나 회의적인 시선으로 그녀를 바라보는 사람들……. 어찌 보면 당연하다. 열다섯에 임신했으니 바보 취급하는 것도 당연한 일이었다. 사실 여러 가지 사정으로 학업을 중단해야 할 수도 있고, 곧 그만둬야 할 상황이 생길 수도 있는 것이다. 게다가 12월에 아기가 태어나니까, 임신한 상태로 이번 학기를 마쳐야 한다. 수학 선생님은 냉정하게 그 사실을 지적했다.

"학교를 못 나오는 일이 생긴다면 그동안 수업을 따라잡을 수 있게 노력해야 할 거야. 그렇지 않으면 남은 학기 동안 멍청하게 앉아 있어야 할 테니. 그런 식으로 1학년을 망칠 수는 없잖아. 그렇지 않니?"

'그렇지 않니?' 라는 마지막 한마디에는 빈정거림이 가득 담겨 있었다. 뉘알라는 그 말을 애써 외면했다. 다행히 두 사람의 대화를 듣는 학생은 없었다.

"저도 멍청하게 앉아 있고 싶지 않아요. 진도를 따라가기 위해서 할 수 있는 것은 다할 거예요."

뉘알라가 대답했다. 정상적인 삶을 위한 싸움은 이미 몇 달 전에 시작되었다. 정확하게 지난봄이었다. 주변 사람들은 아무도 눈치채지 못했다.

아기를 낳기로 결정했을 때, 뉘알라는 삶이 이 정도로 변할 줄은 생각지도 못했다. 당연히 주변의 모든 사람들이 말렸다. 자코트, 엄마, 가족계획 담당 의사, 할아버지까지도 나름대로 자기 노래를 부르고 있었다.

"넌 너무 어려, 너한테는 너무 힘든 일이야. 애를 기를 수 없을 거야."

맞는 말이었다. 사람들 말에는 다 일리가 있었다. 하지만 가장 힘든 일은 마음을 정하기 전 몇 주 동안에 다 일어났다.

반복되던 일이 멈추었을 때, 규칙이 사라졌을 때, 선택하지 않은 방향으로 인생이 틀어지고 있는 게 아닌가 생각했다. 정말 무서운 것은 그것이었다. 수많은 긴긴 밤을 침대에서 꼼짝도 못 하고 누워 있었다. 손가락 하나라도 까딱했다간 간절히 원하는 그 피가 영영 돌아오지 못할 것 같았다. 그렇게 기다리다 지쳐 잠이 들곤 했지만, 그 잠은 전혀 휴식이 되지 못했다. 뒤죽박죽 꿈이 이어지고, 몇 번을 소스라쳐 깨어났는지 모른다.

뉘알라는 따뜻한 두 개의 물줄기 사이에 떠서 비단처럼 고운 모래사장에 임신한 메두사로 밀려와 있었다. 새벽, 도시가 깨어 나면 소음이 이어지고, 전날 밤과 아무것도 달라진 게 없다는 것을 깨닫는다. 그리고 잠에서 깨어난다.

이제 뉘알라의 상황을 알고 있는 반 여학생들은 호기심과 친 절 그리고 걱정이 섞인 눈으로 뉘알라를 바라보았다. 뉘알라는 더 이상 평범한 학생이 아니었다. 뉘알라는 몇 개의 계단을 한 꺼번에 건너뛴 것이다. 그녀는 친구들보다 훨씬 높은 층계참에 올라 있었다. 아무도 열다섯의 나이에 도달하고 싶어 하지 않는 그곳에 그녀가 있었다. 누가 그런 바람을 가질 수 있을까. 뉘알 라는 엄마가 될 것이다. 뉘알라는 자기만의 아이를 낳게 될 것 이다.

지난봄까지 뉘알라는 아기를 낳는 일에 대해선 꿈도 꾸지 않았다. 또래들과 달리 뉘알라는 미래에 대한 뚜렷한 계획을 가지고 있었다. 공부를 마치는 일과 그 이후에 끌어갈 자신의 삶에 온전히 집중하고 있었다. 보석 세공사로 일하면서 1년의 절반은 인도에서 살고 나머지 절반은 프랑스에서 살고 싶었다.

여덟 살 때, 가족과 함께 인도 여행을 떠났다. 색깔과 향기가 가득했던 여행이었다. 언니 자코트는 그렇게 구역질 나는 땅에 다시는 발을 딛고 싶지 않다고 했다. 뉘알라는 언니가 말하는 '구역질' 날 것이 무엇인지 몰랐다. 그런 것은 하나도 보지 못했다. 뉘알라는 완전히 매혹되었다. 마을, 풍경, 검은 눈동자의 사람들, 모든 것이 온 가슴으로 뉘알라를 불렀다. 우리 옆에 와서 살라고.

이제 미래를 생각할 때면 그 풍경 속에 아기의 자리를 마련하느라 애를 먹는다. 아기…… 지금은 얼굴도 성별도 없지만, 곧 생길 것이다. 그리고 뉘알라는 평생 아이에 대한 책임을 지고 살게 될 것이다. 엄마가 그렇게 말했다. 절대로 이제부터는 자유 같은 것은 없다고.

한 달 전부터 배 속에서 아기가 움직이기 시작했다. 처음에는 미세한 느낌뿐이었다. 배 속에서 거품이 살짝 움직이는 것 같은

느낌이었다. 그때 순간적으로 뉘알라는 아기가 몸에서 떨어져
나가고 있는 것이라고 생각했다. 이제 아기로부터 자유로워질
수 있을 것 같았다. 아주 잠깐이었지만, 다음 순간 숨을 쉴 수
있을 것 같았다. 지금까지와 전혀 다른 새로운 공기가, 정상적
인 공기가 폐 속으로 들어오는 것 같았다.

하지만 거품은 다시 움직였고, 그리고 또 움직였다. 산부인과
의사 카를레 부인이 배아의 발달에 대해 한 얘기가 생각났다.
태아는 뉘알라의 몸속에서 빠져나오지 않을 것이며, 점점 자라
서, 더 안전하게 자리 잡을 것이라는……. 그리고 뉘알라의 배
속에서 편안해할 거라고 했다. 중절 수술을 하기에는 너무 늦었
고, 법적으로도 중절 수술이 가능한 시기가 이미 지났다고 했
다. 그때, 뉘알라는 단단한 거품이 온몸을 옥죄어 오는 것 같았
다. 일시적인 공황상태였다.

예전으로 돌아갈 방법이 더 이상 없는 것이다. 그전에는 모든
가능성이 열려 있었다. 뉘알라는 가만히 방으로 들어가 배 속에
있는 아기를 꼭 끌어안고 홀로 울었다. 뉘알라에게 책임을 묻고
있는 아기, 뉘알라를 무서움에 떨게 하는 아기를 꼭 끌어안고
울었다.

시간이 지나자 그 작은 거품이 떨림으로 변신했다. 가벼운 떨

림이었다. 아랫배의 피부 밑에서 일어나는 가벼운 떨림이었지만 거품이 터지는 듯한 미세한 파장보다는 훨씬 분명했다. 저녁에 침대에 가만히 누워 있으면 배 속에서 무엇인가 움직이는 것을 자주 느낄 수 있었다. 곧 아기의 움직임은 분명해져서 선잠에 든 뉘알라를 깨울 때도 있었다.

7월이 끝나 갈 때, 처음으로 초음파검사를 받았다. 의사는 아기의 성별이 알고 싶은지 물었다. 뉘알라는 싫다고 했다. 아기가 태어났을 때 깜짝 놀랄 만한 일을 남겨 두고 싶다고 했다. 지금 이 아기는 아들도 딸도 아닌 그냥 뉘알라의 아기였다. 그녀와 한 몸을 이루고 있는 아기였다.

뉘알라는 주말 내내 프로스페로의 대사를 외웠다. 프로스페로가 아리엘에게 안토니오와 알론소를 궁지에 빠뜨리라고 명령하는 장면을 골랐다. 연습 상대로는 할아버지를 선택했다. 하지만 할아버지는 상태가 영 좋지 않았다. 어떤 투숙객이 객실을 난장판으로 만들어 놓고 떠났기 때문이다.

"가구에 커다란 버터 얼룩을 만들어 놨더구나. 아이고, 참…… 쓰레기야, 너 본 지 오래로구나! 네 엄마가 아무 일도 없었던 것처럼 말끔하게 정리를 했지."

"엄마는 익숙하잖아. 그리고 버터 얼룩 정도야 뭐 대단한
가?"

"네가 그 원숭이 같은 놈의 뒷정리를 하지 않았으니까 그렇
게 말하는 게지. 원숭이 같은 놈이야. 원숭이 아들놈이고말고!"

할아버지는 안채가 있는 호텔의 오른쪽 날개를 향해 우레 같
은 목소리로 욕을 퍼부었다. 인동덩굴 화분이 있어 밖에서 안이
보이지 않았지만, 소리는 다 들렸다.

"조용히 좀 해. 그리고 대사 좀 해 봐."

아래, 호텔의 큰 테라스에서는 엄마와 안토넬라가 일하고 있
었다. 안토넬라는 이탈리아 출신이었는데, 호텔이 생길 때부터
투숙객들의 간식을 담당했다. 그녀는 신선한 재료가 아니면 쳐
다보지도 않았다. 안토넬라가 고개를 들어 인동덩굴 뒤에서 고
개를 내밀고 있는 뉘알라를 보았다. 그리고 살짝 손을 흔들어
인사를 건넸다. 뉘알라도 할아버지 몰래 손을 흔들었다. 그리고
몸을 돌려 화난 표정으로 말했다.

"할아버지! 그래서 대사를 해 줄 거야, 말 거야?"

뉘알라가 으름장을 놓았다.

4

월요일 아침, 평소보다 일찍 일어나 욕실로 들어간 뉘알라는 씻으면서 거울을 보고 큰 목소리로 프로스페로의 대사를 외웠다. 욕실은 자코트와 공동으로 사용하고 있었다.

자코트는 아직 자고 있다. 아홉 시 전에 언니가 깨어 있는 경우는 별로 없었다. 때로, 뉘알라는 언니가 좀 더 규칙적인 생활을 했으면 하고 바랐다. 물론 자코트는 원거리교육원의 학업 시간표에 따라 움직인다. 근처의 대학교에 출석해야 할 때도 있었다. 졸업논문을 준비하는 데에는 시간과 집중력이 필요하다.

만약 언니가 하는 방식으로 공부하라고 한다면, 뉘알라는 언니만큼 꾸준히 할 자신이 없었다. 원거리교육원에 등록한 지 5년이 되었지만 언니는 한 번도 불평한 적이 없었고, 포기할 기색을 보인 적은 더더구나 없었다. 뉘알라는 긴 곱슬머리를 추스르고 가방을 어깨에 메고, 아래층으로 내려가서 호텔 주방으로 갔다.

아빠 피에르 데세뉴는 주방의 절대군주였다. 피에르는 전자 공학 엔지니어 자격증을 따고 얼마 되지 않아 요리사가 되기로 작정했다. 엔지니어로 일한 시간은 고작 여섯 달이었다. 적응할 새도 없이 싫증을 느낀 것이다. 부모님의 절망도 안중에 없었다. 달걀을 삶을 줄도 몰랐던 할아버지는 갑자기 아들이 진로를 바꾼 이유를 전혀 이해하지 못했다. 하지만 아들을 지지했고, 격려했다.

시간이 흘러 오늘에 와서 피에르 데세뉴의 식탁은 최고의 식당 안내서에 오르게 되었고, 클로슈 호텔 식당은 고급 식당의 등급을 나타내는 별을 달게 되었다. 그리고 수년 동안 별의 숫자는 늘어 갔다. 할아버지는 할머니가 돌아가시고 아들에게 의탁했는데, 아들 요리의 열성적인 숭배자가 되었다. 항상 아들에게 찬사를 보내는 것을 잊지 않았고, 때로는 손님들 앞에서도 참지 못하고 아들의 요리를 칭찬했다. 피에르는 그럴 때 짜증이 났다.

"안녕, 내 딸!"

피에르 데세뉴가 식당의 문턱을 넘는 뉘알라를 보자마자 인사를 건넸다. 차 한 잔과 구운 빵과 술랑주가 고심하여 고른 유기농 잼이 뉘알라를 기다리고 있었다.

"안녕, 아빠!"

"잘 잤나?"

피에르는 절대로 '오늘 아침은 몸은 좀 어떠니?' 하고 묻지 않았다. 그는 딸의 임신을 직접적으로 떠올리는 말은 절대로 하지 않았다. 딸이 임신했다는 소식을 처음 들었을 때도 그저 대수롭지 않은 소식처럼 받아들였다. 피에르는 무슨 일에서건 어떤 상황에서건 똑같은 태도를 취했다. 언제나 차분하고, 냉정하게 직면한 사태로부터 한발 떨어져 있는다. 비난도 않고, 손톱만큼의 불만도 드러내지 않는다. 게다가 놀라지도 않는다. 그래서 뉘알라는 속이 상했다. 뉘알라는 남자 친구를 수집하고 다니는 그런 부류가 아니었는데, 열다섯 살에 임신했다는 소식을 듣고도 아빠는 전혀 놀란 기색을 보이지 않았다.

"열두 시에 실연 심사가 있어."

빵에 잼을 바르며 뉘알라가 말했다.

"그래서 어제 할아버지와 테라스에서 연습한 거니?"

"들었어?"

"네 목소리는 못 들었어. 하지만 네 할아버지! 그렇게 악을 쓰는데 어디선들 못 들을까. 실연 심사는 잘될 것 같아?"

"모르겠어. 그러니까…… 먼저…… 내가 주연감이라는 확신을 줘야겠지."

"언제 공연하는 거라고 했지?"

"6월."

피에르는 고개를 끄덕이며 더 이상 아무 말도 하지 않았다. 뉘알라는 아빠가 무슨 생각을 하는지 알고 있었다. 아기 문제는 뒤로 하고라도, 수업에 연습까지 겹친다면, 고등학교 1년 동안 너무 많은 일을 벌이는 것이다.

지금 집안사람 중 누구도 아기 얘기를 꺼내지 않는다. 곧 같이 살게 될 아이지만, 지금은 없는 것처럼 행동하고 말한다. 누구도 출산과 출산일에 관한 얘기를 입 밖으로 꺼내지 않는다. 뉘알라 자신도 그 생각에 빠져들지 않으려고 애쓰고 있었고, 미리 상상하거나 걱정하지 않으려고 노력했다. 산부인과 의사가 이렇게 말했다.

"미리 상상하는 건 두려움만 키울 뿐이에요. 일어나지 않을 수도 있는 일까지 걱정하게 될 테니까요."

"산통 같은 것 말이죠?"

뉘알라가 대꾸했다. 임신한 사실을 알았을 때 엄마의 의학사전을 열어 보았다. 분만의 과정이 여러 장의 세밀화로 그려져 있었다. 뉘알라는 공포에 사로잡혔다. 어떻게 그 좁은 산도가 그렇게 크게 확장될 수 있을까? 엄청난 고통이 있을 것이다. 산부인과 의사의 말에 따르면 경막외마취를 한다고 하더라도 마찬가지다. 산모가 산통에서 완전히 자유로울 수 있는 방법은 없다. 뉘알라는 미리부터 걱정하지는 않기로 했다.

"나 이제 가."

뉘알라는 의자를 밀고 일어났다. 욕조만큼 커다란 개수대에 잔을 헹구고, 아빠에게 인사를 하고 집을 나섰다.

가는 길에 뉘알라는 다시 한 번 대사를 외워 보았다. 그리고 학교에 도착할 때까지 실연 심사는 머릿속에서 지우려 애썼다.

학교 정문 앞에서 두 여학생이 담배를 피우며 수다를 떨고 있었다. 그네는 뉘알라를 알아보았지만, 뉘알라는 그들의 이름이 기억나지 않았다. 여학생들이 살갑게 인사했다. 운동장을 가로질러 곧장 교실로 향했다. 발랑탱 선생님이 복도 반대편에서 모습을 드러냈다. 발랑탱 선생님은 뉘알라를 발견하고 한 손을 힘차게 들면서 소리쳤다.

“뉘알라! 잘됐어. 널 먼저 만나 정말 다행이야. 너한테 알려
줄 게 있어. 더 정확히 말하면 모두에게지만…… 먼저 네게 알
려야겠다. 잠깐 교실로 들어갈까?”

뉘알라는 고개를 끄덕였다. 목이 바짝 탔다. 그리고 심장이
빠르게 뛰기 시작했다. 발랑탱 선생님은 분명히 프로스페로를
정확히 이해한 것이다. 주말을 보내면서 뉘알라가 적임자라고
생각했을 것이다. 그리고 실연 심사에 대해 슬쩍 귀띔을 하려는
것이다. 굉장히 재능 있는 연출가들은 한눈에 자기 작품의 주인
공을 맡길 만한 배우를 알아보니까.

“자 우선 좀 앉을까, 뉘알라? 오늘 아침 참 어둡지? 비가 안
왔으면 좋겠는데.”

발랑탱 선생님은 전등을 켰다. 교실이 밝아졌다. 뉘알라는 맨
앞줄 의자에 앉아 선생님의 말을 기다리고 있었다.

“너에게 설명하기는 좀 복잡한데, 학부모 몇이 토요일에 구
종 교장 선생님을 찾아왔어.”

“학부모요? 어떤 학부모요? 왜요?”

“우리 반 학생의 학부모 한 분이…… 그분들은…… 어떻게
말해야 할까…… 너에게 일어난 일 때문에 약간 당황하신 모양
이야.”

"제가 아기를 가진 것 때문에요? 그런가요?"

"그래. 임신한 학생이 학교를 계속 다니는 일이 흔하지는 않으니까. 무슨 말인지 이해하지?"

뉘알라는 말없이 고개를 끄덕였다.

"구종 교장 선생님과 다른 교사들이 함께하는 임시 회의를 요청했어."

"아!"

"걱정하지 마! 대단한 일은 아니야. 단지 네게 미리 알리고 싶었던 거야. 부모님께도 알릴 텐데 목요일 저녁에 모임이 있을 거고, 부모님이 참석하셔야 해. 하지만 무슨 징계위원회는 아니니까 걱정하지 마. 게다가, 구종 교장 선생님이 오늘 아침 어머님을 찾아뵐 거야. 설명을 드려야 하니까."

"저는 혹시……."

뉘알라는 말을 맺지 못했다. 목이 더 바짝 말랐다. 뉘알라는 입을 다물고 말았다.

"혹시 뭐?"

"모르겠어요……. 혹시 퇴학당하나요? 아니면 그 비슷한?"

"그런 건 전혀 아니야. 하지만 너도 이해해야 해. 이런 경우가 흔한 건 아니니까. 그리고 다른 부모님들이 네 상황에 대해 궁금해하는 것도 당연한 일이지."

"이유를 모르겠어요. 저는 전염병에 걸린 게 아니잖아요. 그 분들이 두려워하는 게 그런 거라면 말예요."

한숨이 절로 새어 나왔다. 뉘알라는 눈을 들었다. 발랑탱 선생님이 이해심 깊은 눈으로 뉘알라를 바라보고 있었다. 그래서 격하게 목구멍까지 차오른 비난의 말들을 접어 넣었다. 부모님들의 호기심이 발랑탱 선생님의 책임은 아니니까. 선생님은 단지 담임으로서 자기 일을 하는 것뿐이다. 학생들에게 전달할 사항이 있었던 것이고, 친절하게 뉘알라에게 먼저 알린 것이다. 복도에서 종이 울리고 있었다.

"이제 가 볼게. 저녁에 보자. 실연 심사에 올 거지?"

"네, 저도 실연 심사 볼 거예요."

발랑탱 선생님은 놀란 눈으로 뉘알라를 쳐다보았지만 아무 말도 하지 않았다.

"좋아. 나중에 보자, 뉘알라. 하루 잘 보내!"

아침 수업은 차분하게 진행되었다. 선생님들은 다들 이번 학년에 대한 기대감을 드러내며 학생들을 하나하나 일으켜서 간단한 구술시험을 치르게 했다. 뉘알라는 스페인어 시간에 한 번,

그리고 수학 시간에 한 번, 해서 두 번이나 지명되었다. 수학 선생님은 안경 너머로 엄한 눈빛을 던지며 뉘알라를 압박했다. 그래도 뉘알라는 침착함을 잃지 않았고, 또박또박 정확하게 대답했다. 학생들의 눈이 휘둥그레졌다. 여학생들은 뉘알라를 보고 자랑스럽게 웃었다.

저 아이들 중에 누구의 부모님이 교장실로 전화를 했을까? 무리 중에서 찾아내기는 힘든 일이었다. 하지만 분명히 이 중에 있는 것은 확실했다. 어떤 두려움 때문에 걱정이 생겼을 것이다. 뉘알라도 잘 알고 있었다. 뉘알라는 여학생들에게 나쁜 본보기가 될 테니까. 구종 교장 선생님 역시 뉘알라의 입학을 허가해 주었으니, 학부모들이 교장 선생님을 비난할 것이다. 그리고 뉘알라의 엄마도 카스텔리 고등학교에 딸을 입학시켰다고 욕 먹을 것이다.

점심시간에 뉘알라는 반 친구들과 함께 문화관 앞에 있었다. 오펠리는 빈손을 마이크처럼 입에 대고 반 아이들을 인터뷰하고 다녔다. 오펠리가 세자르에게 달려들었다.

"세자르 씨! 세자르 씨가 프로스페로의 가장 유력한 후보자가 된 가장 큰 이유가 뭐라고 생각하시나요?"

"에, 그렇지요……."

가슴을 잔뜩 부풀리고 세자르가 대답했다.

"한번 생각해 보십시오. 저도 그 이유를 생각 중이니까요."

뉘알라의 입가에 살며시 웃음이 스쳤다. 세자르는 전혀 프로스페로와 어울리지 않는다. 늙은 마법사는 훨씬 밀도가 있는 사람이어야 한다. 희극배우가 필요한 게 아니다. 그런데 오펠리는 어디에서 세자르가 가장 유력한 후보라는 소리를 들었을까? 발랑탱 선생님이 발랑탱 음악 선생님과 함께 나타났다. 웃는 얼굴이 화사한 포동포동한 남자 선생님이었다.

"여러분, 또 다른 발랑탱 선생님을 소개할게요. 카스텔리 고등학교의 음악 선생님이십니다. 아직 이분을 모르는 학생들에게 소개하는 거예요."

"안녕하세요!"

학생들이 활기찬 목소리로 발랑탱 음악 선생님을 환영했다. 무대 벽은 진짜 연극 무대처럼 생겼다. 세자르가 민첩하게 무대로 올라가서 객석으로 몸을 돌리더니, 가슴에 손을 얹고 잔뜩 폼을 잡아 연극조로 말했다.

"잘들 있었나, 가여운 지원자 여러분? 나 세자르가 여러분에게 말한다. 그대들이 떠나 온 곳으로 돌아가라, 그대들에겐 기회가 없을 것이니."

한바탕 웃음으로 세자르는 연기의 보상을 받았다. 곧이어 몇몇 남학생들이 무대로 기어올랐다. 발랑탱 선생님이 손뼉을 딱딱 치며 말했다.

"여러분, 진정해! 이리 와서 자리에 앉아요. 발랑탱 음악 선생님이 무대에 올라가서 여러분의 이름을 부를 거예요. 실연 심사에 참가할 사람들은 나와서 앞줄에 앉아요."

뉘알라는 무대 바로 앞 오펠리 옆에 자리를 잡았다. 반 학생의 반 이상이 실연 심사에 참가했다. 오펠리가 뉘알라 쪽으로 몸을 기댔다.

"그 통신문 가지고 있어."

오펠리가 속삭였다.

"무슨 통신문?"

"임시 학부모 회의. 폴린한테 들었는데, 네 문제로 학부모들을 안심시켜야 한다고 했다면서?"

"폴린이 그걸 어떻게 알아?"

"폴린 엄마가 교장실에 전화했나 봐."

"알겠어."

"난 우리 엄마한테 가지 말라고 할 거야. 쓸데없는 짓이지."

"쓸데없는 짓이라니 뭐가?"

"학부모를 안심시킨다는 것, 그래서 모이는 것 아니겠어? 내 생각에는 그래. 뭘 안심한다는 거야? 그게 너랑 무슨 상관이람."

"뭐가?"

"네가 임신했는데 자기들이 안심할 게 뭐가 있냐고."

"여러분! 잠시만요. 거기 머리 길고 분홍색 옷 입은 여학생! 이리 올라오겠어요?"

발랑탱 음악 선생님이 무대 위에서 크게 말했다.

"저요?"

뉘알라가 놀라 대답했다.

"네, 학생이요. 무대로 올라오세요."

뉘알라는 겁에 질린 눈으로 오펠리를 쳐다보았다. 그리고 무대로 올라갔다.

"어떤 역할에 지원하는 거죠? 먼저 이름은?"

"프로스페로입니다."

객석에서 웃음이 터졌다.

"좋아요. 프로스페로에 지원하는 것이군요."

발랑탱 음악 선생님도 웃으며 말했다.

"이름이 뭐죠?"

“뉘알라!”

갑자기 발랑탱 담임 선생님이 큰 목소리로 뉘알라를 불렀다.

“네?”

“내 생각에는…… 정말로 연기를 하려고? 내 말은 그러니까, 무대미술을 하는 게 더 낫지 않을까? 네 전공과 더 밀접하잖아?”

“프로스페로를 하고 싶어요.”

뉘알라가 단호한 목소리로 대답했다.

“자, 뉘알라의 실연 심사를 시작합시다.”

발랑탱 음악 선생님이 계속 진행했다.

“배역 결정은 지금 하는 것이 아니니까.”

“아리엘 역을 맡아 줄 사람이 필요한데요.”

“〈태풍〉의 대본은 가지고 있는 거죠? 좋아요. 내가 상대역을 해 줄게요.”

〈태풍〉

영국의 시인이자 극작가인 윌리엄 셰익스피어의 마지막 작품. 나폴리의 왕 알론소와 일행들이 외국으로 시집간 딸의 결혼식에 참석하고 돌아오는 길에 태풍을 만나 무인도에 이른다. 이 태풍은 자연의 현상이 아니라 늙은 마법사 프로스페로가 일으킨 것이다.

12년 전, 일국의 영주였던 프로스페로는 동생 안토니오에게 정치를 맡긴 채, 자신은 학문에 몰두했다. 그러나 야심가였던 안토니오는 나폴리 왕과 함께 계략을 꾸미며 프로스페로의 자리를 빼앗았다. 이들의 음모에 휘말려 프로스페로와 그의 딸 미란다는 외딴 섬에서 살아가게 되었다. 세월이 흘러 섬에서 마법의 힘을 터득한 프로스페로가 마침 자신을 배신했던 이들이 섬의 근처를 지나가게 될 것을 알고서 계획적으로 태풍을 몰아온 것이다.

프로스페로는 곧 요정의 힘을 빌려 어여쁜 딸 미란다와 나폴리 왕의 아들인 퍼디넌트가 사랑에 빠지게 만든다. 나폴리 왕은 아들이 죽은 줄로만 알고 있다가 미란다와 함께 있는 모습을 보고 기뻐하며 재회한다. 이로써 미란다와 퍼디넌트가 새로운 희망의 상징이 되고 프로스페로는 자신을 배신했던 동생과 나머지 사람들에게 죄를 물은 후, 이들 모두를 용서하기로 한다. 모든 사람들은 화해와 희망을 품에 안고 자신들의 자리로 돌아간다.

5

실연 심사가 끝나고 발랑탱 담임 선생님은 두 선생님이 상의해
서 배역을 결정하겠다고 했다. 그리고 결과가 어떻게 나오든 결
과에 실망하면 안 된다고 강조했다. 이 작품은 학급의 공동 모
험이 될 테니까, 모두 자리를 찾을 수 있을 것이라고 했다.

뉘알라는 어깨를 축 늘어뜨리고 클로슈 호텔을 보았다. 뉘알
라는 실연 심사를 완전히 망쳤다. 막상 무대에 올라서자 연습
때만큼 좋은 연기가 나오지 않았다. 많은 사람들 앞에서 웃음거
리가 된 느낌이었다. 얼굴만 시뻘겋게 달아올랐을 뿐 터무니없
는 연기였다.

반대로 세자르는 탁월했다. 세자르가 무대 위를 제 방처럼 돌
아다니며 맘껏 연기하는 동안 뉘알라는 발랑탱 담임 선생님의

표정을 몰래 살폈다. 뉘알라는 선생님의 표정에서 어떤 확신을 읽었다. 세자르가 프로스페로를 맡게 될 것이다. 카퓌신이 달콤한 미란다가 될 것이고, 다비드는 확실하게 안토니오를 맡을 것이다.

공식적인 심사 결과를 기다릴 필요도 없었다. 뉘알라는 다 알고 있었다. 지금 발랑탱 선생님의 머릿속에는 전부 다 결정되어 있으니까.

호텔의 홀은 텅 비어 있었다. 안내대 뒤에 아무도 없었다. 부드러운 비발디가 벽에 설치된 작은 스피커에서 흘러나오고 있었다. 뉘알라는 홀을 가로질러 안채로 들어가는 문을 열었다. 거실에는 휠체어에 파묻힌 자코트가 고개를 뒤로 젖히고 자지러지게 웃고 있었다. 통화하는 중이었다. 뉘알라가 들어오는 소리가 들리자, 언니는 소스라치며 호기심 동한 표정으로 동생을 바라보았다.

"나중에 다시 연락할게."

자코트는 전화를 끊었다.

"표정이 대체 왜 그래?"

자코트가 물었다.

"아, 아무것도 아니야. 오늘 실연 심사가 있었어. 알잖아."

"맞아, 그랬지. 셰익스피어의 〈태풍〉! 배우하고 싶었던 거지?"

"맞아. 하지만 바보 같은 생각이었나 봐. 배역을 따내다니."

"어떤 역을 원했지? 프로스페로 아니었어?"

"당연히 프로스페로를 하고 싶었지. 아니면 뭐가 있겠어. 우리 반에서 〈태풍〉을 읽은 사람은 나 하나밖에 없다고. 선생님이 고려하실 줄 알았는데, 아니었어. 세자르를 마음에 두고 계신 것 같아."

"세자르?"

"세자르 갈뤼샤, 언니도 알게 될 거야. 이부자리에서 막 빠져나온 것처럼 봉두난발을 해 가지고, 하루 종일 정신없이 까부는 녀석인데, 늙은 마법사 연기는 정말 잘했어."

"들어 봐, 뉘알라."

자코트가 한숨을 크게 쉬었다. 그리고 휠체어를 움직여 창가로 갔다. 휴대전화가 연보라색 면 담요 위에 놓여 있었다. 언니는 여름부터 만성절(11월 1일 모든 성인聖人의 날)까지 면으로 된 무릎 담요를 쓴다. 색깔은 일주일마다 달라진다. 이제 무릎 담요 수집가라고 해도 될 만큼 무릎 담요가 많다. 만성절이 지나면 따뜻하고 부드러운 앙고라 양모로 된 무릎 담요로 바꾼다.

"뭐?"

뉘알라가 다시 물었다.

"네게 배역을 맡기기는 힘들어. 네가 선생님 입장이 되었다고 생각해 봐. 아무리 친절하고 마음 좋은 사람이라고 해도, 믿을 만한 배우가 필요한 거야."

"그래서? 난 진지해. 내 역할을 잘 해낼 수 있어. 부족한 점을 지적한다면 겸허하게 받아들일 준비도 되었다고. 그리고 연습도 꼬박꼬박 참가할 거야."

"그렇긴 하겠지만 그게 전부는 아니지."

"아기 때문에? 그런 뜻이야?"

자코트가 고개를 끄덕였다.

"성탄절 방학 때 아기를 낳을 거잖아. 개학하면 다시 연습에 참가할 수 있다고. 다른 애들과 똑같잖아. 도대체 뭐가 문제라는 거야?"

"좋아…… 그럴 수도 있지. 하지만 예정일보다 아이가 더 늦게 태어나거나 일찍 태어나면 어떻게 하지? 꼭 방학 때 태어난다는 보장이 없잖아. 그리고 아기를 낳고 나면 넌 굉장히 몸이 안 좋을 거야. 산후조리는 해야지."

"어떻게 그렇게 잘 알아? 애 낳아 본 것 같네!"

뉘알라는 곧 후회했다. 자코트는 말이 없었다. 언니는 상처 받은 내색을 하지 않았다. 하지만 어색해진 태도는 느낄 수 있었다. 언니는 엄마가 될 수 없다. 사고가 있고, 언니는 장애자가 되었다. 그리고 아이를 낳을 수 있는 가능성마저 사라졌다. 사고 이후 언니는 한 달 동안 식물인간 상태로 있었다. 그러고 나서 하반신을 쓸 수 없게 되었고, 또 눈에 보이지 않는 중요한 기관도 완전히 손상되었다. 회복은 불가능했다.

"미안해. 그런 뜻이 아니었는데……."

"별로 상처 받지 않았어. 그보다 네 얘기를 더 해 봐. 이제 어떻게 할 거야?"

"뭘?"

"실패를 어떻게 극복할 생각이야?"

"아…… 모르겠어. 우선 배역이 확정된 것은 아니니까. 아주 작은 희망은 남아 있다고 해야 할까? 만약 그 희망도 사라지면……."

"사라지면?"

"무대미술을 맡게 되겠지. 선생님이 제안한 것도 그거니까."

"무대미술이 네게 훨씬 잘 어울리는데. 넌 정말 잘 해낼 거야."

자코트가 이어 말했다.

"갈라르 선생님께 도움을 구할 수도 있잖아. 선생님이 무척 좋아하실 거야."

'그걸 언니가 어떻게 알아?' 하고 다시 쏘아붙일 뻔했다. 뉘알라는 가슴속에서 탁탁 타고 있는 불만의 불꽃을 제법 신중하게 잘 누르고 있었다.

"두고 보지 뭐."

"화를 품고 있지 마. 네 인생의 배를 스스로 끌고 갈 능력이 있다는 것을 보여 줬잖아. 그렇게 계속하는 거야."

"쉽지가 않아."

뉘알라가 작은 소리로 말했다.

"그렇지."

자코트가 수긍했다.

방에 돌아와서 가방과 신발을 벗어 던지고 침대에 몸을 던졌다. 뉘알라의 방은 아담했다. 노란 벽지는 아담한 방에 따뜻한 느낌을 더했다. 다리를 쭉 뻗고 앉아 발랑탱 선생님이 제안한 무대 미술에 대해 생각해 보았다.

침대 맞은편에 있는 흰 나무 액자 속에 에스코 해변의 그림이 있었다. 뉘알라가 2년 전에 그린 그림이었다. 지금은 유치하게 느껴지지만, 갈라르 선생님은 그 시절 뉘알라가 색채감각이 뛰어나다고 했다. 미술 계통에서 일하는 사람에게는 매우 값진 재능이라고 했다.

한 작품의 무대를 만들어 보는 것도 배우를 하는 것만큼 신날 것이다. 그리고 발전을 기대할 수 있는 일이다. 사실상 프로스페로는 이력에 그다지 도움이 되지 않을 테니까. 소유욕 강한 독불장군, 투덜이 늙은이로 한 학기를 보내는 것은 그리 매력적인 일이 아닌 것 같았다.

뉘알라의 한숨이 깊었다. 어릴 때, 할머니는 운명에 맞서는 것은 쓸모없는 짓이라고 했다. 할머니는 '그렇게 될 일은 그렇게 되고야 만다'는 말을 입에 달고 사셨다. 뉘알라의 아기가 몇 달 뒤에 태어날 것이다. 그런 것이다. 누구도 바꿀 수 없다.

달마다 반복되던 몸의 변화가 멈추었다는 것을 알아차린 후, 뉘알라는 만일의 사태에 대비해서 시나리오를 짰다. 부모님의 이해를 얻기 위해서는 견고하고, 일관성 있는 그럴듯한 이야기가 필요했다. 뉘알라는 매일 밤 거울 앞에 서서 큰 소리로 시나리오를 연습했다. 자연스럽게 입 밖으로 줄줄 흘러나올 때까지 반복했다. 만일의 사태에 대비한 것이었지만, 몸의 변화는 날이 갈수록 뉘알라의 시나리오를 참으로 만들었다. 반복이 멈추었다는 것, 그것은 임신을 의미했다.

자신의 시나리오에 점점 익숙해지고 있던 어느 날, 뉘알라는 임신 진단을 해 봐야겠다고 생각했다. 멀리 떨어진 약국까지 가서 임신 진단 테스트기를 사 가지고 왔다. 약국의 문턱을 넘어서 방에 돌아와 문을 닫을 때까지의 시간은 기억나지 않는다. 정신이 몽롱해서 어떻게 나갔다 어떻게 들어왔는지 모를 지경이었다. 거의 무의식 상태에서 복도를 가로질러 욕실로 들어갔다. 욕실을 나와서야 뉘알라는 정신을 차릴 수 있었다.

호텔은 조용했다. 무더운 여름, 6월의 오후였다. 뉘알라는 방으로 돌아왔다. 손에 꼭 쥐어진 임신 진단 테스트기는 이렇게 말하고 있었다. '축하합니다. 임신입니다.'

눈앞이 뿌옇다. 한 방에 그 안개 속으로 아름다운 학창시절이 사라져 버리고, 뉘알라의 눈앞에는 시커먼 구멍만 입을 벌렸다.

뉘알라는 얼굴을 찌푸리며 침대에서 일어났다. 점점 몸이 무거워지고 있었다. 책상 위에 있는 달력을 보았다. 돌아오는 화요일 날짜에 초록색 작은 십자 표시가 있었다.

'오후 다섯 시 삼십 분, 임신 6개월째, 카를레 박사 진찰.'

복도에 울리던 발소리가 뉘알라의 방 앞에서 멈추었다. 밖에서 누군가 문을 두드렸다.

"네?"

엄마였다.

"뉘알라, 집에 있었구나. 걱정하고 있었는데."

"내가 들어올 때, 안내대에 아무도 없었어."

"나는 장 보러 갔고, 안토넬라는 잠깐 동안 자리를 비웠다더구나. 말 좀 해 봐, 뉘알라, 내 코앞에 있는 이 목요일 임시회의라는 게 뭐야?"

"아…… 교장 선생님과 만나는 거. 나 때문이야. 발랑탱 선생님 말로는 학부모들이 걱정한대."

"네 담임 선생님?"

"응. 또…… 별로 걱정할 것 없다던데…… 학부모들을 안심시키려는 거래."

"그래, 알겠다. 구종 교장 선생님도 똑같이 말했어."

"아빠 엄마, 둘 다 가는 거야?"

"아니, 나만 가. 그 시간에 둘 다 호텔을 비울 수는 없잖니."

"엄마, 걱정 돼?"

"아니, 엄밀하게 말하면 사적인 문제인데 그렇게 거론하는 게 맘에 들지 않아. 하지만 널 변호해야 하니까, 가야지. 나를 믿지?"

"응. 나도 엄마랑 같은 생각이야. 엄마가 다른 부모들과 싸우지 않았으면 좋겠네."

"나도 그랬으면 좋겠다."

6

목요일 저녁이 돌아왔다. 솔랑주 데세뉴는 뉘알라에게 오늘 열리는 학부모 회의에 같이 가자고 했다.

"엄마도 참…… 나는 못 가! 학부모 회의잖아."

뉘알라는 말도 안 된다는 듯이 대답했다.

"학생 대표가 참석한대. 누가 대표로 뽑혔어?"

"폴린하고 다비드야."

"그렇구나. 걔네들도 참석할 테니, 너도 그 자리에 함께 있으면 좋겠어. 구종 교장 선생님께 방금 전화해서 허락까지 받았어. 네 문제잖아."

뉘알라는 고개를 숙였다. 오늘 하루는 정말 끔찍했다. 첫 시간은 국어였다. 발랑탱 선생님이 실연 심사 결과를 발표했다.

예상했던 대로 세자르가 프로스페로를 맡았다. 카퓌신이 미란다, 다비드가 안토니오를 맡았다. 폴린은 미술 전공이지만, 선생님을 졸라 배역을 따냈다. 폴린은 마녀 시코락스를 맡았다. 뉘알라와 함께 실연 심사에 참가했던 학생들 모두 배역을 얻었다. 뉘알라만 빈손이었다.

그렇게 시작한 하루는 종일 기분 잡칠 일만 일어났다. 지리 선생님이 조별 과제를 내주었다. 두세 명이 한 조가 되어 발표를 준비해야 했다. 단번에 교실은 아수라장이 되었고, 결국 선생님이 조마다 발표 주제를 정해 주었다. 뉘알라는 오펠리와 한 조가 되었다. 뉘알라는 만족했다. 하지만 눈을 들자, 오펠리가 폴린을 향해 아쉬운 표정을 짓고 있는 게 보였다. 뉘알라에게 할당된 것은 지중해 연안 지역으로 흥미로운 주제였다. 갑자기 오펠리는 당황한 눈으로 뉘알라를 쳐다보았다.

"뉘알라, 지중해 연안에 대해 아는 거 있어?"

뉘알라는 고개를 가로저었다.

"아니."

그러자 오펠리는 다시 폴린의 주의를 끌려고, 선생님 눈에 띄지 않게 폴린을 불렀다. 갑자기 세상에 혼자 남은 느낌이었다.

오늘 저녁 학부모 회의에 가서 무엇을 할 수 있을까? 사람들은 이상한 짐승 바라보듯이 뉘알라를 바라볼 것이다. 그리고 자기들 생각대로 비난하고 심판할 것이다.

"뉘알라!"

엄마가 불렀다.

"알았어요."

뉘알라의 대답에 한숨이 섞여 있었다.

생각보다 참석자가 많지 않았다. 뉘알라와 엄마는 회의실로 들어갔다. 앞쪽에 위원석이 마련되어 있고, 맞은편에 의자가 둥글게 배치되어 있었다. 구종 교장 선생님과 발랑탱 선생님, 역사 지리를 가르치는 프로 선생님, 수학 담당 벡 선생님이 이미 자리에 앉아 있었다. 구종 교장 선생님과 발랑탱 선생님은 솔랑주 데세뉴에게로 와서 따뜻하게 손을 잡아 주었다. 그리고 응원하는 눈빛으로 뉘알라에게 다정한 웃음을 보냈다. 구종 교장 선생님이 뉘알라에게 가까이 와서 속삭였다.

"다 잘될 거야."

사람들이 들어와서 빈 의자에 앉았다. 학생은 폴린뿐이었다. 폴린은 짙은 화장을 한 금발 부인과 열중해서 대화하고 있었다. 아마도 폴린의 엄마인 것 같았다. 뉘알라는 고개를 똑바로 들고 정면을 응시했다. 시선이 꽂힌 곳은 복사기였다. 바둑판 모양의 타일이 깔린 바닥에 복사기가 예각의 그림자를 드리우고 있었다. 종이와 연필이 손에 있다면 복사기와 바둑판 모양의 바닥과 그림자가 만드는 미묘한 분위기를 그리고 싶었다. 세상으로부터 스스로를 방어할 수 있는 공간, 한발 떨어져 숨을 수 있는 마음의 공간은 언제나 그림이었다.

사람들은 낮은 소리로 조심스럽게 이야기하고 있었다. 그리고 조용한 목소리로 질문했다. 마치 성당에 들어선 것처럼, 혹은 신생아실에 있는 것처럼. 질문은 수업의 진행과 수업 분위기, 반 분위기에 집중되었다.

뉘알라 때문에 반 아이들이 방해받지는 않는지, 소녀가 임신했다는 사실이 아이들을 불안하게 하지 않는지, 이 사건으로 아이들의 집중력이 흩어지지 않겠는지…… 질문이 이어졌다. 구종 교장 선생님과 뉘알라의 엄마는 그런 문제라면 걱정할 것 없다고 대답했다. 뉘알라는 성실한 학생이며, 누구의 학업도 방해하지 않을 것이고, 그리고 자기 공부는 자기가 하는 것이라고 했다.

뉘알라는 폴린을 바라보았다. 폴린은 어른들의 질문과 대답을 진지하게 듣고 있었다. 폴린의 시선이 뉘알라에게 붙박였다.

둘은 마주 보며 웃었다. 뉘알라는 이 학교에 입학하고 처음으로 연대감 같은 것을 느꼈다. 폴린이 문득 미소를 거두고 손을 들었다.

"폴린, 말해 봐요."

"지금 뉘알라에게 일어난 일은 뉘알라와 뉘알라 가족의 사적인 사건이라고 생각합니다. 가족이 해결할 문제죠. 우리에게 뉘알라는 같은 반 친구일 뿐입니다. 그것으로 충분하지 않습니까?"

"고맙다, 폴린."

구종 교장 선생님이 대답했다. 몇몇 어른이 고개를 끄덕였다. 이제 뉘알라는 떳떳하게 어른들을 쳐다볼 수 있었다. 몇 사람이 의자를 뒤로 빼며, 외투와 가방을 집어 들었다. 의자 다리가 바닥에 끌리는 소리가 났다. 회의는 끝난 것이다.

"좋습니다."

구종 교장 선생님이 자리에서 일어나며 말했다.

"바쁜 시간 내 주셔서 감사합니다. 감사합니다, 데세뉴 부인. 너도 고맙다, 뉘알라."

뉘알라는 다시 고개를 숙였다.

"하지만 말예요……."

첫째 줄에 앉아 있던 부인이 작은 목소리로 말했다.

"이런 이야기를 들으면 딸을 가진 부모는 더 충격을 받을 수밖에 없죠."

"왜 그렇죠?"

솔랑주 데세뉴가 물었다.

"왜 딸을 가진 부모만의 문제일까요? 어디엔가 남자 아이가 있다는 뜻인데요. 애 아버지가 있을 테니까요. 이 문제는 아들을 가진 부모도 관계되어 있답니다."

집에 돌아오는 길에 뉘알라는 침묵하고 있었다. 엄마의 마지막 말, 애 아버지에 관한 이야기는 학부모 회의를 통보받고 느꼈던 불안과는 비교되지 않을 만큼 뉘알라의 마음을 흔들고 있었다. 집안사람들은 뉘알라의 바람을 존중했다. 그래서 무슨 일이 있었는지 묻지도 않았고, 아이 아버지 이야기도 꺼내지 않았다. 하지만 언젠가 뉘알라의 아이가 아빠라는 말을 배우는 날이 올 것이다. 분명한 일이다.

솔랑주 데세뉴는 호텔 주차장 한구석에 차를 세웠다.

"피곤하지는 않니?"

시동을 끄며 엄마가 물었다.

“아니.”

뉘알라가 대답했다.

“그다지 나쁘지 않게 끝났구나. 사람들은 그냥 어떤 상황인지 알고 싶었던 거야. 네가 가길 잘했어.”

뉘알라는 고개를 끄덕였다.

“맞아.”

“숙제 아직 남았니?”

“아니, 다했어. 가서 자야겠어.”

“잘 자라, 내 딸.”

엄마가 말했다.

두 사람은 안채 문 앞에서 헤어졌다. 솔랑주는 주방으로 들어갔다. 집은 조용했다. 자코트는 일찌감치 침대에 누워 책을 읽고 있을 것이다.

거실에서 할아버지가 소리를 완전히 줄여 놓고 텔레비전을 보고 있다. 한 손에 리모컨을 들고 알아들을 수 없는 말을 중얼거리고 있었다. 별로 좋은 소리가 아니라는 걸 뉘알라는 느낌으로 알 수 있었다. 연속극의 배우들을 욕하고 있는 것이다.

“왔구나!”

뉘알라를 보자마자 할아버지가 외쳤다.

"이리 와서 얘기 좀 해 봐! 그래도 내 손녀를 잡아먹지는 않았네."

할아버지는 텔레비전을 끄고 안락의자 옆에 와서 앉으라고 열심히 손짓했다.

"법정 분위기는 쓸 만했냐?"

"법정 아니야. 학부모들은 날 좀 만나서 어떤 상황인지 알고 싶었던 거야."

"뭘 그렇게 알고 싶어 지랄이야? 진짜 지랄하고 자빠졌군."

할아버지가 으르렁거렸다.

"자고 싶어, 잘래. 할아버지 나 피곤해."

뉘알라는 할아버지의 까끌까끌한 뺨에 입 맞추고 거실을 빠져나왔다. 더 붙들리지 않으려고 재빨리 움직였다. 자코트 방문 밑을 흘긋 보았다. 빛이 새어 나오지 않았다. 뉘알라는 방으로 들어가서 문을 닫았다.

책상 위에는 최근에 시작해 끝내지 못한 추상화 한 장이 놓여 있다. 무질서한 원들의 뒤섞임이다. 목탄 색연필 한 줌이 종이 위에 방사상으로 흩어져 있다. 뉘알라는 그림 앞에 앉아 허벅지 위에 손을 모으고 멍한 시선으로 꼼짝 않고 있었다.

뉘알라의 비밀을 처음으로 알게 된 사람은 할아버지와 자코트였다. 임신이 확실하다는 것을 알고 나서 뉘알라는 자코트에게 모든 것을 털어놓았다.

"그 아이…… 낳으면 안 돼!"

뉘알라의 이야기가 끝나기도 전에 언니가 경악했다. 어릴 때부터 익숙한 반응이었다. 충동적이고 호기심이 강했던 뉘알라는 대단한 사고뭉치였기 때문에, 쉴 새 없이 궁지에 빠졌다. 자코트가 뉘알라의 망나니짓을 수습하면서 어린 시절을 다 보냈다고 해도 심한 말이 아니었다. 다시 한 번 동생을 보호해야 하는 상황이었지만, 이번에는 실패했다.

"애는 절대 떼지 않을 거야."

"왜! 종교적 신념이야?"

"몰라. 묻지 마, 제발 부탁이야. 그냥 내 속 깊은 데서 그런 바람이 생긴 거야. 단지 난 애와 헤어지고 싶지 않을 뿐이야."

"너한테는 끔찍한 일이야. 네 나이가 몇 살인지 알고 있는 거지? 너 열다섯 살이야. 학교 끝나고 집에 와서 애를 안고 있어야 해. 숙제는 어떻게 할 거야? 시험은? 아기라니…… 그거 끔찍한 거야……. 무지하게 울어 대고, 시끄럽고, 자주 아프고…… 하루 종일 쉬지도 못 하고 애 꽁무니만 쫓아다녀야 한단 말이야.”

“나도 알아. 몇 주 동안 생각해 봤어.”

“몇 주나 된 거야?”

자코트가 물었다. 임신 8주라는 말에, 자코트의 넋 나간 얼굴에 망연함과 절망이 번갈아 스쳐 갔다.

“왜 진작 말하지 않았어?”

“기다린 거야. 확실해질 때까지.”

“진단해 봤어?”

“당연하지.”

“뉘알라, 난 널 도울 수가 없을 것 같아. 누구 다른 사람을 만나 보는 게 좋겠어. 산부인과 의사라든가.”

“엄마가 다니는 산부인과는 절대 안 돼.”

“가족계획지원처에 문의해 볼까? 비용은 없을 거야. 누가 너랑 같이 가야 할 텐데.”

“엄마는 안 돼! 부탁이야. 언니야, 나랑 같이 가자.”

“어떻게 그런 생각을? 마음이야 굴뚝이지만…….”

할아버지를 끌어들인 건 자코트의 생각이었다. 자기만큼 나이 든 자동차를 몰고 다니는 할아버지는 두 손녀를 가족계획지원처까지 데려다 주마고 했다. 상담실에는 뉘알라와 자코트가 같이 들어갔다. 할아버지는 막내 손녀가 증손주를 배고 있다는 소식을 전해 듣자 눈이 뒤집혔다.

"친애하는 막내 손녀야, 네 배 속에서 증손주를 내다 버린다면 할아버지가 더없이 기쁘겠구나!"

할아버지가 천둥 같은 목소리로 고함을 질렀다.

"지금 당장, 더 늦기 전에, 엉! 너 제정신이냐? 너 같은 쪼그만 계집아이가 애를 낳는다고?"

뉘알라는 울음을 터뜨렸다.

"싫어!"

뉘알라는 서럽게 울었다.

"날 좀 가만히 내버려 둬!"

"뭐가 싫어, 이 가시내야."

"날 좀 가만히 내버려 두라고! 중절 수술 같은 거 안 할 거야. 할아버지가 아무리 소리쳐도 소용없어!"

그렇다고 할아버지가 뉘알라를 가만히 내버려 둘 리가 없었다. 할아버지는 어떤 상황에서도 주도권을 장악했다.

"귀여운 손녀들아, 너희들을 그 망할 놈의 가족계획지원처인지 가죽개발지원처인지에 데려다 주마."

할아버지는 계속 으르렁거렸다.

"하지만 약속해! 돌아오는 대로 네 어미 아비한테 당장 이실
직고해! 이런 일에 다 늙은 할아비를 끌어들여? 망할……."

가족계획지원처에서 만난 의사도 같은 노래를 불렀다. 아기를
낳는다면 인생을 망치게 될 것이다. 아이의 인생도 마찬가지다.
뉘알라는 너무 어리고, 공부와 아이를 한꺼번에 감당할 수 없을
것이다……. 의사는 여자였다. 중절 수술을 하도록 뉘알라를 설
득하려고 했다.

"너무 늦었어요……."

뉘알라가 웅얼거렸다.

"아직 시간이 있어요. 기회는 남아 있어요. 하지만 서둘러야
해요. 아직……."

"나한테는 너무 늦었어요."

뉘알라가 잘라 말했다.

"배 속의 아이랑 같이 사는 게 너무 익숙해졌어요."

할아버지와 두 손녀는 집으로 돌아왔다. 자코트와 할아버지의
표정은 참담했다. 자코트는 기진했다. 차에서 내리자 할아버지
는 자코트를 안고 방으로 올라갔다. 할아버지는 아빠, 엄마에게

사실대로 말하도록 뉘알라를 계속 설득했다.

"못 하겠어. 용기가 안 나. 날 죽이려고 할걸."

"인석아, 내가 네 대신 네 부모를 만나야겠냐? 그런 생각 하고 있는 거야? 이 못된 가시내야!"

할아버지는 연필을 휘두르듯 안고 있는 자코트를 휘두르며 뉘알라에게 말했다. 할아버지는 장사였다. 2차 세계대전 당시, 전우를 구하기 위해서 몇 번이나 목숨을 내던졌다. 할아버지 말로는 그것이 진정한 이웃 사랑이라고 했다.

말년에 다시 한 번 가장 가까운 이웃이 할아버지의 도움을 요청하고 있었다. 하필이면 막내 손녀였다. 하지만 할아버지는 어떤 상황에서도 주도권을 잡았고, 사실 어느 정도 그런 상황을 즐기고 있었다.

"좋아, 얘기 끝났어."

할아버지가 딱 잘랐다.

"일단 네 방에 올라가 있어! 내가 계단 아래서 휘파람을 불게. 휘파람 소리가 들리거든 네 차례가 된 줄 알아. 그때 내려와."

뉘알라는 언니가 쉴 수 있게 준비해 주고, 방으로 가서 창문을 열고 창밖을 보며 앉았다. 한참 동안 꼼짝 않고 있었다. 할아버지의 신호를 기다렸지만, 아무 소리도 들리지 않았다. 성 마틸드 성당의 종소리가 거리에 울려 퍼지기 시작했다. 배 속에 살고 있는 작은 심장이 종소리에 두근거렸다. 그리고 정적 속에서 할아버지의 휘파람 소리가 들렸다. 뉘알라는 자리에서 일어났다.

주방으로 들어갔다. 부모님이 서서 뉘알라를 기다리고 있었다. 엄마는 애정 가득한 웃음을 짓고 가만히 뉘알라를 바라보았다. 아직도 뉘알라는 그날의 따뜻하고 자연스러운 엄마의 태도를 고마워하고 있다. 두 분 모두 아무 일도 일어나지 않은 것처럼 뉘알라를 맞아 주었다. 아빠는 어린 딸과 손주의 미래가 걱정되었다.

"애 아버지는 누구냐?"

아빠가 뉘알라에게 물었다.

"그 얘기는 안 했으면 좋겠어."

뉘알라가 애원했다.

"그 사람은 아무것도 몰라, 전혀. 그리고 이제 그 얘기는 다시는 하지 마. 부탁이야, 아빠."

뉘알라는 두 손에 얼굴을 묻었다. 얼굴이 뜨거워졌다. 그리고 온몸이 뜨거워졌다. 집안 어른들의 관심 한가운데에 서자 기절할 것 같았다. 어른들은 뉘알라의 의사를 존중했다. 그 이후로 아무도 아이의 아버지에 대해 묻지 않았다.

하지만 자코트는 진실을 알고 있었다.

교실에 있는 누구도 어제저녁의 학부모 회의에 대해 말하지 않았다. 집에 돌아간 부모들이 아이들에게 그 이야기를 했을 텐데도 다들 무슨 일이 있었냐는 듯이 평소처럼 생활했다. 어제저녁에 학부모 회의에 참석한 폴린은 뭔가 느낀 바가 있는 것 같았다. 뉘알라를 대하는 태도가 이전보다 훨씬 조심스러워졌고, 무엇보다 뉘알라의 주변에 우정의 끈을 만들려고 무던히 애쓰는 듯했다. 폴린의 친한 친구들, 오펠리, 카퓌신, 다비드가 뉘알라에게 먼저 다가왔다. 세자르도 마찬가지였다. 그는 뉘알라가 열망하던 프로스페로를 자기가 날려 버렸다고 사과했다. 뉘알라는 유연하면서 정신없는 손짓으로 세자르의 말을 막았다. 마법이라도 쓴 것처럼 둘 사이의 모든 앙금이 사라졌다. 하루 만에,

뉘알라가 끼어들 수 없을 것처럼 보였던 반 분위기가 완전히 바뀐 것이다.

국어 시간, 발랑탱 선생님은 만성절 방학이 끝나면 무대 연습을 시작하겠다고 했다. 그때까지 일주일에 두 번씩 〈태풍〉의 독회를 갖겠다고 했다. 샤르댕 미술 선생님은 무대미술을 맡은 학생들에게 여러 형태의 무대 모형을 만들어 오라고 했다.

뉘알라는 의상을 맡았다. 배역을 맡지 못해서 인물로부터 멀어졌지만, 다른 방식으로 인물의 인상을 창조하고 싶었기 때문이다. 뉘알라는 로잘리와 둘이 작업하게 되었다. 로잘리는 워낙 수줍음이 많아서 뉘알라는 로잘리의 목소리조차 들어 본 적이 없었다. 사뮈엘은 헤어 디자인을 맡았다. 발랑탱 선생님은 공연 계획의 틀이 갖춰진 것을 보고 무척 만족한 듯했다.

시간이 감에 따라 수업도 본궤도에 올랐다. 시간마다 간단한 구술시험이 계속되었다. 뉘알라는 수업에 최대한 집중하고 있었다. 조만간 다른 중요한 일로 정신이 없어질 것을 잘 알고 있었기 때문이다. 화요일 수업이 끝나고 엄마가 기다리고 있는 항구 근처의 주차장으로 갔다. 한동안 맑은 날씨가 이어지고 있었다.

자동차에 오를 때, 배 속에서 아기가 움직이는 것을 느꼈다. 배 속에서 배를 쓰다듬는 듯한 느낌이었다. 뉘알라도 한 손으로 배를 쓰다듬으며 엄마 옆자리에 앉았다.

"기분은 어때?"

시동을 걸며 엄마가 물었다.

"좋아."

뉘알라가 대답했다. 항상 같은 대답이었다. '좋아', '다 잘될 거야', '내 걱정 하지 마'. 배우가 대사를 반복하듯 언제나 똑같았다. 뉘알라는 눈을 감았다. 자동차가 시내를 벗어나서 위쪽으로 올라갔다. 관목이 잘 다듬어진 정원을 지나자 깔끔한 흰색 철문이 나왔다. 그리고 깨끗하게 정돈된 잔디와 포석이 깔려 있는 길을 지나서 커다란 저택에 이르렀다. 뉘알라가 출산을 준비할 병원은 조용한 곳에 있었다.

솔랑주 데세뉴의 자동차가 원형 교차로를 돌아 푸르스름하게 빛나고 있는 넓은 길을 타고 올라갔다. 멋진 공원이 병원을 둘러싸고 있었다. 뉘알라가 차에서 내리자 곧 시동이 꺼지는 소리가 들렸다. 뉘알라는 엄마를 기다리지 않고 안으로 들어가 곧장 안내대로 갔다.

"뉘알라 데세뉴요. 카를레 선생님과 약속이 있는데요."

안내를 보는 사람에게 말했다.

"임신 6개월 정기검진이로군요. 초음파검사하러 오셨죠? 서류 가져오셨나요?"

안내원이 물었다. 뉘알라는 가방에서 여러 장의 서류를 꺼내 안내대 위에 올려놓았다. 엄마가 뒤따라 들어왔다.

"대기실에서 잠시 기다리세요. 오래 걸리지 않을 거예요."

응급 상황이 발생한 경우를 제외하고 카를레 박사는 뉘알라를 기다리게 한 적이 없었다. 뉘알라가 진료실로 들어가자 의사는 문을 닫고, 자리에 앉으라고 했다.

"자, 뉘알라, 몸은 좀 어때요?"

뉘알라는 몸은 좋다고, 조금 무겁기는 하지만 그것은 정상적인 것이 아니냐고 대답했다. 카를레 박사의 말을 한 귀로 들으면서 다른 한편 엄마를 생각했다. 엄마는 이 방 안에서 일어나는 일과 아무 상관 없다는 듯이 대기실 한구석으로 밀려나 있었다. 법적으로 아직까지 뉘알라의 보호자인데, 여기에서는 마치 남이나 된 것처럼.

뉘알라의 얼굴을 들여다보며 카를레 박사는 대답을 기다리는 것 같았다. 오늘만 서른 번째 같은 대답을 해야 한다.

"아주 좋아요."

"소화는 잘 돼요? 자궁 수축은 없나요?"

뉘알라는 자궁 수축이 무엇인지 몰랐다. 카를레 박사가 자세하게 설명해 주었다. 하지만 실감할 수 없는, 이론에 지나지 않았다. 카를레 박사는 뉘알라를 데리고 바로 옆에 붙어 있는 진찰실로 들어갔다. 옷을 벗으라고 했다. 혈압을 재며 뉘알라에게 차근차근 질문을 시작했다. 뉘알라의 건강에 관한 것과 학교생활에 관한 것이 뒤섞여 있었다.

뉘알라가 처음으로 카를레 박사를 찾아왔을 때, 그녀는 어린 산모들에게 보통 문제가 되는 것을 자세하게 설명해 주었다. 그 중 하나가 학업이었다. 대부분의 어린 산모들은 당연한 수순처럼 학업을 중단하게 된다고 했다. 오늘은 부종이나 고혈압같이 태아에게 위험할 수 있는 증상에 대해 알려 주었다. 카를레 박사의 설명은 언제나 자세하고 분명했다.

"영양에 관해서라면 뉘알라 어머님이 워낙 신경을 많이 쓰시니까, 나까지 뉘알라를 괴롭히지는 않을게요. 자, 옷을 입어요. 이제 초음파실로 갈까요? 뉘알라, 어머님이 같이 있어도 될까?"

이 말의 뜻은 '어머님이 초음파실에 동행하는 것을 허락하겠어요'였다. 뉘알라는 고개를 끄덕였다.

“네, 엄마가 원하신다면요.”

솔랑주 데세뉴는 초음파실에 딸과 함께 들어갈 수 있게 된 것
에 무척 만족했다. 이제야 아이의 건강을 자기 눈으로 확인할
수 있게 되었기 때문이다. 뉘알라가 노상 괜찮다고 말하지만,
그것으로는 안심이 되지 않았던 것이다. 산모가 너무 어리기 때
문에 혹시 태아에게 이상이 있지나 않을까, 기형을 안고 있지는
않을까 조마조마하던 차였다.

뉘알라가 화면을 향해 고개를 돌렸다. 화면에 음화 영상이 나타
났다. 초음파 기사가 뉘알라의 배에 반짝이는 젤을 발랐다. 카
를레 박사는 초음파 기사에게 뉘알라와 엄마를 부탁하고 방을
나갔다. 기계를 다루고 있는 젊은 아가씨는 산모가 열다섯 살밖
에 되지 않았다고는 생각지도 못하는 것 같았다. 좁은 초음파
검사실에 소음이 울렸다. 기사는 뉘알라에게 몸을 굽혀 물었다.
“편안하게 누우셨나요?”

뉘알라는 고개를 끄덕였다. 젊은 여자는 뉘알라를 향해 웃고
는 검사를 시작했다.
“아!”

솔랑주가 갑자기 소리쳤다.

"아! 뉘알라! 저것 좀 봐, 세상에 심장이 보여! 어머나, 세상에, 빨리 뛰는 거 봐."

뉘알라는 눈을 감았다. 태아의 다리 길이가 얼마고, 두개골 둘레가 얼마고 하는 소리를 듣는 것과, 아이의 심장 뛰는 소리를 직접 듣는 것은 전혀 다른 일이었다. 게다가, 규칙적으로 팔딱팔딱 뛰고 있는 심장을 화면으로 보는 것은 정말 대단했다. 그때까지 뉘알라가 마음속 깊이 밀어 놓고 있었던 것, 아이의 얼굴, 눈, 입술, 코 그리고 그 작은 몸, 볼록한 배, 작은 허벅지, 팔, 다리, 조그만 손 그리고 뉘알라가 알고 싶어 하지 않았던 그것까지, 이 모든 것이 화면에 나타났고, 초음파 기사는 들뜬 목소리로 하나하나 설명했다. 옆에서 솔랑주는 흥분해서 감탄사를 연발했다.

"아가, 좀 봐 봐, 이 쪼그만 놈이 움직이는 것 좀 봐!"

뉘알라는 감았던 눈을 뜨려고 애썼다. 눈가에 눈물이 맺혔다. 하지만 우는 모습을 보이고 싶지 않았다. 어렵게 눈물을 삼키고 웃음을 지으려 애썼다.

"다 좋은데요."

기사가 말했다.

"애 성별을 알고 싶으세요?"

"아니요."

뉘알라가 대답했다.

"정말이야?"

엄마가 물었다.

"알고 싶지 않아."

뉘알라는 목소리 끝이 흐려지는 것을 느꼈지만, 엄마와 기사
는 알아채지 못한 것 같았다. 화면이 켜질 때처럼 화면이 꺼졌
다. 기사가 배를 닦아 주는 동안 뉘알라는 팔꿈치를 괴고 일어
나 앉았다.

"괜찮아요? 너무 창백하신데요."

기사가 물었다.

"정말이야. 너, 너무 창백하구나!"

엄마가 말했다.

"감동해서 그래."

뉘알라는 자리에서 일어났다. 미심쩍은 표정으로 자신을 살
피고 있는 두 여인의 눈을 피해 고무줄 바지를 추슬렀다. 솔랑
주는 운전을 하면서 기사가 했던 말을 하나하나 되새겨 말했다.
그때마다 뉘알라는 고개를 끄덕였다.

"말이 너무 없구나."

엄마가 한마디 했다. 집에 도착했다.

"피곤해. 그리고 오줌 마려워 죽겠어."

문간에서 자코트가 두 사람을 기다리고 있었다. 뉘알라는 혼자 있고 싶었다. 하지만 언니의 궁금증을 탓할 수도 없었다.

"어떻게 되었어?"

자코트는 휠체어를 끌고 창가까지 나왔다. 뉘알라가 조심스럽게 문을 닫는 것을 보고 있었다.

"나도 몰라."

뉘알라가 한숨 섞인 목소리로 말했다.

"무슨 일이야? 문제라도 있대?"

"아니야, 아니야, 다 좋대. 그냥 단지……."

"아이 참, 말 좀 해 봐! 답답해 죽겠네. 왜 그렇게 창백해? 좀 앉을래?"

"아니야, 서 있는 게 좋아. 아…… 언니……."

뉘알라가 소리쳤다.

"내 배 속에 아기가 있어. 살아 있는 아기가! 알아? 아기라고……."

"그래, 아기가 있지, 그럼 뭐가 들어 있을 거라고 생각한 거야?”

“무서워.”

뉘알라는 문간에 기대어 두 손을 배 위에 대고 있었다. 눈물이 볼을 타고 흘러내렸다. 자코트가 뉘알라 가까이 다가왔다.

“일단 앉아.”

뉘알라가 침대 모서리에 앉아서 두 손에 얼굴을 묻었다. 어깨가 가늘게 떨리고 있었다. 자코트는 동생을 가만히 내버려 둬야 할 것 같았다. 속으로 100을 셌다. 그리고 나서 뉘알라에게 진정하라고 말했다.

“뭐라고?”

뉘알라가 대답했다.

“서커스 그만해, 알았어? 아이를 낳아 기른다는 것이 어떤 일인지, 네 결정의 의미가 무엇이었는지 이제야 알았다는 얘기는 하지 마.”

“맞아! 바로 그거야.”

뉘알라는 울고 있었다.

“이제야 내가 무슨 결정을 했는지 알겠어. 그런데 왜 그런 식으로 말해? 내가 뭘 어쨌다고? 난 무서워 죽겠어. 그리고 언니는……”

“나도 마찬가지야. 나도 너 때문에 겁이 나 죽겠어. 생각해
봐. 엄마도, 아빠도, 할아버지도, 모두 너 때문에 겁이 나는 거
야.”

“다른 사람들은 그러지 않았으면 좋겠어. 이건 내 문제잖아.”

“맞아, 말 한번 제대로 했어. 그러니까 이게 네 문제면 유치
원생처럼 징징대지 마. 그리고 네가 감당해.”

“무서워…….”

뉘알라가 작은 목소리로 말했다. 자코트는 잠자코 있었다.

“언니는 이해하겠어?”

뉘알라가 말을 이었다.

“이해하겠어, 언니? 오늘 아이를 진짜로 봤어. 막 움직이
고…… 내 배 속에서 살고 있어. 지금은 동굴 속에 숨어 있는 것
처럼 그 안에 있지만, 점점 커지고 있단 말이야. 31센티미터나
돼. 무슨 말인지 알겠어? 지금 2킬로그램은 나갈 거란 말이야.
내가 배 속에 2킬로그램짜리 아기를 가지고 있다고. 언니, 살아
있는 아기를…….”

자코트가 부드럽게 말했다.

“들어 봐.”

“뭘?”

“지금은 출산 같은 것은 생각하지 않는 편이 좋겠어. 알겠니?
아직 시간이 있잖아.”

“지금까지는 그 생각을 안 하고 살 수 있었는데…… 하지만
이제…….”

“아무것도 변한 것은 없어. 어제와 달라진 것은 아무것도 없
어. 아기는 동굴 속에 잘 있겠지, 편안하게. 좀 더 생각해 봐, 뉘
알라. 힘을 내, 그리고 그 힘을 아기에게 전해. 아기에게도 힘이
필요할 거야. 아기에게는 아직 네가 필요하단 말이야.”

뉘알라가 눈물을 닦으며 대답했다.

“알았어.”

8

10월이 끝나 가고 있었다. 뉘알라의 아기는 10센티미터 더 자랐고, 몸무게는 700그램이나 늘어났다. 아침에 일어나는 일이 이제 무척 괴로웠고, 옷 입는 일은 그것보다 더욱 힘들었다. 뉘알라는 모래주머니를 가득 실은 열기구가 되어 가는 느낌이었다. 배 속에 있는 모래주머니가 하루하루 점점 무거워졌기 때문에, 뉘알라는 도저히 날아오를 수 있을 것 같지가 않았다. 이전에는 불편한 것을 알지 못했는데, 이제는 완전히 달랐다.

수업 시간에도 모두가 뉘알라를 걱정하고 보살피고 있었다. 뉘알라는 이제 열외 학생이 되었다. 몸을 가누기도 힘들었다. 뉘알라를 탐탁지 않게 생각하던 선생님들마저, 예를 들면 벡 수학 선생님까지도 혹시 뉘알라가 불편하지 않은지 세심한 주의를 기울이고 있었다.

뉘알라는 학기 초에 있었던 구술시험에서 좋은 점수를 받았다. 아마도 덕분에 학업을 포기하지 않겠다는 뉘알라의 의지를 확실하게 전달했던 듯하다. 때문에 뉘알라를 삐딱하게 바라보던 선생님들의 마음이 움직인 것 같았다.

그런 정다운 상황과 상관없이, 뉘알라의 머릿속은 혼란스러웠다. 평소보다 바쁘고 부산하게 하루를 보내면, 집에 돌아와서 견딜 수 없는 정신적 고통을 겪었다. 마음을 털어놓을 사람이 없었다. 자코트는 이제 부모님과 한편이 되었다. 뉘알라에 대한 걱정을 조금 가라앉힌 부모님은 이제 몹쓸 운명을 기다리듯 아이가 태어나기를 기다리고 있었다. 할아버지는 안쓰러운 눈빛으로 뉘알라를 쳐다보며 '애가 태어나면 저 어린 것이……' 하고 입버릇처럼 말했고, 뉘알라가 침울한 눈빛으로 째려보면 말을 맺지 못했다.

한번은 할아버지가 호텔에 온 육십 대의 아일랜드 노부부 앞에서 뉘알라 이야기를 하고 있었다. 손녀가 아일랜드에서 방학을 보냈는데, '잊지 못할 사랑의 기념품'을 가지고 돌아왔으니 대단한 모험이 아니냐며, 미주알고주알 밑두리콧두리 캐내어서 까발리고 있었다.

안채와 호텔을 잇는 계단 벽에는 양탄자가 걸려 있다. 그날 밤 뉘알라는 바로 그 앞에서 모든 것을 듣고 있었다. 수치심에 죽고 싶은 마음까지 생겼다. 어둠 속에서 볼이 불붙는 것처럼 뜨거워졌고, 숨이 곧 끊어질 것만 같았다. 그렇게 꼼짝할 엄두도 못 내고 있었다. 본인도 없는 자리에서 자신의 삶을 까발리는 한 마디 한 마디가 뉘알라의 삶을 앗아 가는 것 같았다. 할아버지는 미쳤나 보다. 뉘알라의 간절한 부탁을 잊은 모양이다. 가족 모두에게 다시는 아이 아버지 이야기를 절대 꺼내지 말아 달라고 부탁했는데.

할아버지는 성이 난 듯도 했지만, 이제는 아주 행복해 보였다. 중절 수술을 해야 한다고 소리치며 뉘알라를 몰아붙인 사람이 할아버지인데, 이제는 정말 머리가 이상해진 것 같았다.

계단 위쪽에서 문이 열렸다. 흐릿한 노란 불빛이 컴컴한 계단 위에 퍼졌다.

"어두운 데서 뭐하는 거야?"

자코트가 놀라 물었다. 뉘알라는 언니에게 돌아서 입술에 손가락을 댔다. 그리고 계단을 올랐다. 배도 무거웠고, 이제는 엉덩이도 엄청나게 커졌다. 마지막 계단에 올라서서, 뉘알라는 가쁜 숨을 몰아쉬었다. 그러자 불행도 함께 들이마시고 있는 것 같았다.

"무슨 일이야?"

"아니야, 아무것도 아니야."

뉘알라는 언니의 휠체어를 밀치고 자기 방으로 걸어갔다.

"뉘알라!"

언니가 뒤에서 부르자, 뉘알라가 문지방에서 멈춰 섰다.

"할아버지가 아일랜드에서 보낸 방학을 주제로 연설을 하고 계시네. '뉘알라의 못된 모험 이야기'라는 제목이야. 뭐 생각나는 것 없어?"

뉘알라는 대답을 기다리지 않고 방으로 들어가서 문을 닫았다. 아무렇게나 신발을 벗어 던지고 침대에 누웠다.

아일랜드의 어학연수는 지금 하고 있는 셰익스피어의 〈태풍〉처럼 중학교 3학년의 연간 학습 계획 중 하나였다. 어학연수 준비는 3학년 초부터 시작되었다. 연수 계획을 짜는 데 모든 선생님들이 참여했다. 하물며 수학 선생님까지 동참한 듯 아일랜드의 복잡한 해안선을 고려하여 국토의 면적을 계산한다면 어떤 방법을 써야 하는지 물었다.

마르고는 초등학교 때부터 뉘알라의 가장 친한 친구였다. 출발하기 전부터 둘은 아일랜드의 환상 속에서 살았다. 마르고는 입만 열면 '아일랜드 남자애들은 어떨까?' 하고 말했다. 하지만 그녀는 거나한 축제 분위기에도, 마법 같은 미소의 덫에도 걸려들지 않았다. 마르고는 '잊지 못할 사랑의 기념품'을 가지고 돌아오지도 않았으며, 아빠 선물로 맥주 몇 병을, 엄마 선물로 트위드 모직 천을 가방 속에 챙겼을 뿐이다. 뉘알라는 빈손으로 돌아왔다. 기념품을 사러 나가기로 한 바로 전날 저녁에 뒤풀이가 있었다.

아침에 잠에서 깨었을 때, 뉘알라는 지난밤의 일을 기억해 내고는 충격에 빠졌다. 그 잘생긴 아일랜드 소년과 광속으로 끝까지 달려 버렸으니……. 정말 잘생긴 소년이었다. 하지만 뉘알라에게 관심이 있었던 게 아니라, 취중의 충동에 뉘알라를 선택했을 뿐이라는 건 분명했다. 뉘알라는 마음이 조여서, 자리에서 꼼짝도 할 수 없었다. 친구들을 따라 코크 거리로 나갈 수 없을 만큼 충격이 컸다. 뉘알라는 묵고 있던 가정집에 남아 있었다. 주인 아주머니는 어린 프랑스 소녀가 갑자기 몸이 아픈 것을 자기 잘못이라고 생각하며 걱정스런 눈으로 뉘알라를 바라보고 있었다.

돌아오는 여행길 내내 뉘알라는 그날 밤에 있었던 일을 잊으려고 무던히 애썼다. 그것은 뉘알라가 꿈꿔 온 첫 경험이 아니었다. 부드러운 애정, 낭만적인 분위기 따위는 전혀 없었다. 단지 심한 통증이 있었을 뿐이고, 통증이 희미해질 때쯤 얼마간의 피가 비쳤다.

마르고가 다음날 물었다.

"숀과 무슨 일이 있었던 거야? 어디 갔었어?"

"어…… 우린 그냥 해변을 산책했어. 그게 다야."

뉘알라가 대답했다. 하지만 마르고와 다른 여자애들은 여전히 의심을 풀지 못했다.

"뭐가 다야?"

"숀 끝내주게 잘생겼더라!"

자매학교 학생 중 하나가 그날 저녁 뉘알라 일행에게 숀을 소개했다. 여학생들 대부분이 숀에게서 눈을 떼지 못했다. 그런데 공교롭게 숀이 뉘알라의 옆에 와서 앉는 것이었다. 숀은 프랑스어를 몰랐다. 뉘알라와 숀은 손짓 발짓으로 이야기했다. 그러고 둘은 자리에서 일어났다. 숀이 해변 쪽을 가리켰다.

그날 뉘알라는 처음으로 술을 마셔 보았다. 뉘알라는 숀을 잊고 싶었다. 기억하고 싶지 않은 그 순간을 머릿속에서 몰아내는 데에 충분히 집중할 수 있다면, 아마도 숀은 작디작은 한 점이 되어 아일랜드 여행의 웃기는 사고쯤으로 기억될 수 있을 것이다.

마르고는 8주 동안 아무것도 몰랐다. 그 8주가 뉘알라에게는 영원이었다. 한참 뒤에 부모님께 고백하고 나서, 그리고 뉘알라 배 속에 떡하니 자리 잡고 있는 아기를 일단 낳아 기르겠다고 결정하고 나서, 친구에게 비밀을 털어놓았다. 아이 아버지가 숀이라는 것만 밝히지 않았다. 다시는 숀을 볼 수 없을 것이고, 보지도 않을 테니까. 아이에게 아버지가 없는 것은 안된 일이지만 그래도 할 수 없는 일이었다. 뉘알라가 두 사람 몫으로 사랑하면 될 일이다. 아버지 없이 자라는 아이들도 많이 있고, 그게 그렇게 호들갑을 떨 일도 아니다.

마르고는 지치지도 않고 계속 물었다.

"누구랑 만든 거야?"

"우리 학교 학생이야?"

"아니야? 아일랜드? 그러면 누구?"

"설마 숀은 아니겠지?"

뉘알라는 불편했다. 숀이 정말 뉘알라의 기억 속에서 아주 작은 점이 될 수 있을까?

"아일랜드 학생 맞아."

뉘알라가 자백했다.

"하지만 우리 조는 아니야. 그날 뒤풀이에 처음 왔던 애야."

"숀 아니야?"

마르고가 채근했다.

"아니야, 숀은 아니야. 그리고 난 이제 잊고 싶어."

뉘알라가 잘라 말했다.

"절대 그래서는 안 됐는데. 부탁이야. 날 좀 도와 줘. 다시는 그런 질문하지 마."

마르고는 더 이상 묻지 않았다. 대신 자기 부모님께 모두 말했다. 삶의 현실에서 딸을 보호하고 싶었던 마르고의 엄마는 진실을 견딜 수 없었다. 어느 날 클로슈 호텔로 뉘알라를 찾아와서 더 이상 마르고를 만나지 말라고 명령했다. 그 해가 끝나 갈 때쯤이었다. 마르고는 거리를 두기 시작했다. 졸업 시험이 있던 날 뉘알라는 멀리서 마르고를 보았다. 하지만 마르고는 못 본 척하고 지나갔다. 마르고는 대놓고 뉘알라에게 등을 돌렸다.

그날, 뉘알라는 자신의 어린 시절이 이제 정말로 끝났다는 것을 깨달았다.

누군가 방문을 두드렸다.

"네?"

문고리가 돌아가고 자코트의 휠체어가 미끄러져 들어왔다.
자코트가 말했다.

"뉘알라, 그렇게 대단한 일은 아니잖아. 할아버지가 한 짓 말이야."

"아니, 대단한 일이야. 대단하고말고, 심각한 일이지. 난 절대 자유로워질 수 없을 거야. 이해해? 그 아일랜드 애가 언제나 내 등 뒤에 있을 거야."

"그럴 거야. 네 아이의 아버지니까. 그가 아무것도 모른다고 해도, 그가 아버지인 것은 변하지 않아. 알아? 그리고 아이의 머릿속에도 아버지로 있을 거야."

"나도 알아. 하지만 내 입장을 좀 생각해 봐! 아, 기억상실증에 걸리기라도 했으면!"

"할아버지를 너무 원망하지 마. 너를 위해 자기가 할 수 있는 일을 했잖아. 끊임없이 너와 아기 걱정을 하시잖아. 만약 할아버지가 네게 일어난 일을 기뻐하고 있다면, 내 생각에 그건 좋은 뜻이야. 모든 가족들이 그렇게 하지는 않잖니?"

뉘알라는 고개를 끄덕였다. 가족들은 뉘알라를 사랑했다. 그리고 할 수 있는 모든 방법으로 사랑을 증명했다. 엄마는 엄청나게 뜨개질을 했고, 아빠는 이전에 린넨 제품을 두던 뉘알라

옆방을 정리하고 있었다. 그럴수록 받아들일 수밖에 없는 운명이 뉘알라의 가슴을 짓눌렀다. 위산이 넘어오는 것 같다.

"오늘 저녁 할 일이 많아?"

"만성절 방학이잖아. 나중에 해도 돼. 그건 그렇고, 오펠리랑 나랑 지중해 연안에 관한 발표 준비를 해야 하거든. 혹시 관련 자료 없어?"

"당연히 있지."

자코트가 대답했다.

"너 괜찮으면 지금 같이 찾으러 갈까?"

9

만성절 방학이 반쯤 흘렀을 때 오펠리가 지리 발표 때문에 전화
를 했다.

"일단 우리가 만나야 하지 않겠어?"

뉘알라는 클로슈 호텔로 찾아오는 길을 자세히 알려 주었다.

"언니가 옛날에 조사했던 자료가 엄청나게 있어. 내 생각에
는 우린 더 준비할 것이 없는 것 같아."

뉘알라가 덧붙였다. 오펠리는 다음 날 이른 오후에 뉘알라에
게로 달려왔다.

"안녕하세요, 저는 오펠리예요."

오펠리가 솔랑주 데세뉴에게 말했다.

"뉘알라랑 발표 준비하기로 했는데요."

솔랑주는 웃는 얼굴로 오펠리를 맞았다.

"이 계단을 올라가렴, 거기야, 문 뒤에. 그래 맞아, 거기야. 뉘알라에게 말해 놓았다."

오펠리는 계단으로 올라갔다. 앞에 다른 문이 열렸다. 뉘알라의 커다란 배가 눈앞을 가로막았다.

"안녕!"

오펠리가 먼저 인사했다.

"안녕!"

복도에 쥐새끼 한 마리 없었다. 할아버지의 나와 거실에도 아무도 없었다. 이제 날씨가 추워지고 있었다.

"내 방으로 가자."

뉘알라는 오펠리를 이끌고 자기 방으로 가서 문을 닫았다. 자코트의 그 대단한 자료들은 책상 위에 가지런히 놓여 있었다. 색사인펜과 여러 크기의 도화지가 한켠에 있었다.

"뭘 그리는 거야?"

오펠리가 물었다.

"의상이네? 소묘하는 거야?"

"응. 선생님이 숙제로 내신 거야. 로잘리는 곧장 천을 골라야겠다고 시장으로 달려갔어. 하지만 나는 먼저 종이 위에서 일하는 게 더 좋아."

"우리도 준비하고 있어. 지금 모형을 만드는 중이야. 솔직히 말해서, 에스코 해변에서 야외 공연을 할 텐데, 왜 무대 모형으로 우리를 귀찮게 하는지 모르겠어."

"발랑탱 선생님은 모두 공연에 참여해야 의미가 있다고 했잖아."

오펠리는 폴리스틸렌 알갱이로 속을 채운 주황색 안락의자에 몸을 묻고 있었다.

"네 방은 정말 정리가 잘돼 있다!"

오펠리가 말했다.

"아기도 너랑 같이 자는 거야?"

"아닌 것 같아. 아빠가 아기 방을 만들고 있어."

"하기는 너희 집은 넓으니까! 나도 호텔에서 살아 봤으면 좋겠다. 정말 끝내줄 것 같아."

"하…… 나는 한 번도 그런 생각 안 해 봤는데. 태어날 때부터 여기 살았잖아. 이제 시작할까?"

"당장?"

"뭐, 그게 낫지 않겠어? 난 아직 아무것도 안 했거든. 언니가 버리지 않고 보관하고 있던 옛날 자료들 속에서 뭘 찾아냈는지 한번 봐. 지리 수업이야 거기에서 거기겠지. 자코트가 고등학교 1학년 때 준비한 거야. 무슨 말인지 알겠지?"

"자코트? 이상한 이름이다! 어디에서 따온 이름이야?"

"나도 잘 몰라. 아마 중세 이름일 거야."

"뉘알라는? 참, 그런데 애 이름은 뭐라고 지을 거야? 생각해 놓은 게 있어? 아들이야, 딸이야?"

"아! 오펠리, 우리는 발표 준비해야 해!"

뉘알라가 한숨을 쉬었다.

"알았어, 알았어! 내가 쓸데없는 데에 관심이 많지? 나도 알아. 엄마가 하루 종일 하는 얘기니까. 미안해!"

"괜찮아. 오늘 하루에 다 해치우는 게 좋을 것 같아. 이 발표 정말 넌덜머리가 나."

"누가 할 소리를! 좋아, 넌 책상에서 할 거야? 난 이 예쁜 방석에 앉아서 할 거야. 난 바닥이 좋아."

"좋아. 여기 자료가 있어. 반씩 보기로 하자. 어때?"

"딱 좋아!"

오펠리가 대답했다. 오펠리는 뉘알라가 건네준 자료 뭉치를 받아, 바닥에 늘어놓고 엎드렸다.

"동물의 생태, 식생, 토양에 따라 분류할 거야. 너도 그렇게 해, 그리고 나중에 합치는 거야. 동의?"

"동의!"

몇 분 동안은 침묵이 흘렀다. 방 안에 종이 스치는 소리만 들렸다. 갑자기 오펠리가 그 방정맞은 입을 열었다.

"너는 음악 안 들어?"

"어떤 종류?"

"음…… 글쎄…… R&B?"

"아니 없을걸. 그리고……."

"뭐?"

"나는 음악 거의 안 들어. 음악에 재능도 없고, 가수도 잘 몰라."

뉘알라는 ''가수는 전혀 몰라' 하고 대답할걸' 하고 생각했다. 이전에는 음악도 좋아했다. 문학과 여행을 좋아했던 것처럼. 하지만 아이가 생기고 나서 세상에 대한 감각도 달라졌다. 당연히 그런 얘기를 오펠리에게 할 필요는 없었다. 다시 오펠리가 입을 열었다.

"괜찮아. 내가 노래하면 되지. 5분마다 한 곡씩 하루 종일 노래할 수도 있어. 내가 조각가가 되고 싶다고 노상 말하고 다니잖아. 그건 아마 우리 엄마가 조각가라서 그런 것 같아. 엄마를 존경하거든. 하지만 내 진짜 꿈은…….”

“계속해.”

“내 진짜 꿈은 가수가 되는 거야. 어……!”

오펠리가 갑자기 탄성을 올렸다.

“왜?”

“단체 사진이네! 중3 때 사진이야? 넌 어디 있어? 못 찾겠는
걸.”

“이리 내!”

뉘알라가 거칠게 의자에서 일어났다. 그리고 오펠리의 손에
서 사진을 낚아챘다. 오펠리도 자리에서 일어났다.

“왜 그래? 난 무례한 사람이 아니야. 함부로 뒤진 것도 아니
야. 이 사진이 저기 있었어. 자료 속에, 어딘고 하니…….”

“자코트야.”

“뭐?”

“언니의 단체 사진이야. 자코트 고등학교 1학년 때.”

“언니는 어디에 있어? 첫째 줄에 앉아 있어?”

“이게 언니야.”

뉘알라의 집게손가락이 아름다운 금발 소녀를 가리켰다. 청
바지에 하늘색 면 티를 입고 맨 뒷줄에 서 있었다. 다른 사진도

있었다. 자코트는 소년과 마주 보고 환하게 웃고 있었다.

"너희 언니야?"

"그래, 참 예쁘지 않니?"

"하지만…… 언니 휠체어는? 휠체어를 타고 있지 않네? 무슨 사고가 있었던 거였어? 나는 네 언니가 장애인인 줄 알았는데."

"장애인 맞아."

"하지만 사진에서는 아니잖아."

"교통사고가 났어. 이 사진을 찍고 나서 3주 후에. 큰 사고였지."

"어머나, 세상에…… 불쌍한 자코트……."

뉘알라는 사진을 조심스럽게 들어, 책상 위 한곳에 놓고, 오펠리를 등지고 의자에 앉았다. 등을 돌린 채 뉘알라가 입을 열었다.

"그날 자코트가 운전했어."

낮은 목소리가 짧게 끊어졌다.

"면허도 없었지. 그날 밤 두 사람이 죽었어. 그리고 자코트는 하반신을 못 쓰게 된 거야."

오펠리는 한마디도 하지 못했다. 침묵 속에 몇 분이 흘렀다. 뉘알라가 다시 오펠리를 쳐다보았다.

“미안해……..”

오펠리가 작은 목소리로 말했다.

“상처를 주려던 게 아니었는데, 내가 궁금한 걸 못 참잖아.”

“네 잘못이 아니야. 이 사진은 생각도 못하고 있었어. 나도 역시 자코트가 두 다리로 걸어 다닌 적이 있다는 것을 잊고 있었어.”

“어떻게 이겨 낼 수 있었을까? 내 말은…… 두 사람의 죽음에 대한 죄책감에서 말이야.”

“가장 친한 친구 루이즈가 죽었어. 그리고 자코트 남자 친구도…… 모두 열세 살이었어. 루이즈 남자 친구만 빼고, 루이즈 남자 친구는 열여덟이었어. 그때 막 열여덟 살이 되었지. 사고가 있기 열엿새 전에 운전면허를 땄어. 사고가 난 차는 그의 엄마 차였고. 그날 저녁 조르주는 만취한 상태였어. 그래도 운전대를 잡았어. 시골길이었으니까. 2, 3킬로미터를 달리고 나서 도저히 운전할 수가 없어서 차를 세웠지. 자코트는 자동차 조작법 두세 가지는 알고 있었어. 자코트가 조르주에게 자기가 운전하겠다고 한 거야.”

“망할!”

오펠리가 안타까운 한숨을 쉬었다.

"사고가 나고, 차에 타고 있던 사람 중에 조르주만 의식이 있었어. 길에는 쥐새끼 한 마리 보이지 않았지. 조르주는 차에서 내려 자코트를 뒷자리로 옮기고 자기가 운전석에 앉았어. 그리고 휴대전화로 구급대에 전화를 했지. 그리고 의식을 잃었어."

"무섭다……."

"만약 조르주가 자코트를 옮기지 않았다면 하반신 마비는 피할 수 있었을지도 몰라. 하지만 아무도 알 수 없는 일이지. 하여튼 아무도 자코트가 운전한 사실을 알 수가 없었어. 자코트는 3주 동안 식물인간이었으니까. 그리고 그동안 조르주는 음주운전 혐의로 체포되었지. 의식이 돌아왔을 때, 조르주는 자코트에게 입 다물고 있으라고 했어."

"언니랑 너랑만 아는 얘기야?"

"아니, 우리 엄마 아빠도 알아. 그리고 우리 할아버지도. 하지만 조르주네 집안사람들은 아무도 모르지. 병원에서 퇴원하고 자코트는 이 모든 것을 견디기 위해 치료를 받아야 했어. 정신집중효과학이라는 거 알아?"

"전혀 몰라."

"최면술과 비슷한 거야. 긴장을 이완하는 데서 출발해. 정신적 긴장을 이완시켜서, 외상은 그대로 있지만, 외상의 원인이 되는 사건을 마주하고서도 충격을 견뎌 내게 하는 거야. 아주 효과적이라고 할 수 있지."

"너희 언니는 무섭게 용감하다!"

오펠리가 말했다.

"내가 네 언니였으면 계속 살아갈 수 없었을 것 같아!"

"아니면 달리 어떻게 할 수 있겠어?"

뉘알라가 중얼거렸다.

"그런데 말이야…… 언니는 조르주를 원망하지 않았어? 사고가 나고 언니 몸을 움직였잖아. 그러니까, 무면허로 기소되는 것이 하반신 마비로 평생을 사는 것보다야 더 낫지 않을까?"

"조르주와 언니는 사고가 있고 오랫동안 가깝게 지냈어. 조르주는 자코트와 항상 함께 있었지. 그런데 어느 날 갑자기 조르주를 다시 보지 못하게 되었어. 둘 사이에 무슨 일이 있었는지는 나도 알지 못 해."

"자코트가 그 얘기는 한마디도 안 해?"

"전혀."

오펠리는 긴 한숨을 내쉬었다.

"어쨌든 너희 부모님은 정말 이해심이 많은 분들이시다."

"맞아. 어쩌면 과하다 싶을 만큼."

뉘알라의 시선이 책상 위에 펼쳐진 종이 위를 배회하고 있었다. 오펠리가 늘어놓은 종이들이 어두운 양탄자에 흰 점을 만들고 있었다.

"좋아…… 이제 정말 발표 준비나 할까?"

뉘알라가 자료 뭉치를 가리키며 말했다. 오펠리가 고개를 끄덕였다.

"이제 시작하자."

뉘알라가 잠시 머뭇거리다 중얼거렸다.

"부탁이 있어. 어쩌다 내가 우리 언니 이야기를 네게 하게 되었는지 모르겠지만, 아마도 그 사진 때문이었던 것 같아. 아무한테도 말하지 않았으면 좋겠어, 특히 학교에서는. 난 벌써 충분히 시선을 끌고 있잖아. 널 믿어도 되겠지?"

"걱정하지 마."

오펠리가 단호하게 대답했다.

"날 믿어도 돼. 난 호기심이 많기는 하지만, 비밀을 지켜야 할 상황에는 절대 입을 열지 않아. 이 경우는 그런 상황인 것 같아."

그리고 안심하라는 듯 뉘알라를 보고 웃었다.

10

하루하루가 지날수록 불안도 점점 커 갔다. 만성절 방학이 끝나고 개학하자마자 학급 사진을 찍었다. 모든 여학생들이 한껏 모양을 내고 왔다. 어떤 아이들은 새 옷을 입고 오기도 했다. 뜨개질한 커다란 바지에 다 늘어난 스웨터를 입고 그네들 옆에 서있자니 뉘알라는 자기가 코끼리나 된 듯한 느낌이 들었다. 뉘알라는 머리도, 화장도, 하고 싶은 마음이 나지 않았다. 뉘알라의 배만으로도 시야를 꽉 채울 수 있을 것이다. 다행히 그날 남자애들은 한바탕 웃길 작정으로 학교에 온 것 같았다.

번개라도 맞은 듯한 머리를 바람에 휘날리며 세자르가 앞장서고 있었다. 세자르의 바지는 통이 하도 커서 곧 벗겨질 것만 같았다. 다비드 역시 얼굴을 별의별 모양으로 찡그려서 뉘알라를 웃기려고 최선을 다했다. 사진사는 반쯤 미쳐 가고 있었다.

뉘알라, 로잘리와 함께 〈태풍〉의 의상을 맡은 사뮈엘은 자기가 흉악한 살인범처럼 생겼기 때문에 사진을 망칠 것이라며 절대 사진기 앞에 서지 않겠다고 했다. 사뮈엘은 전혀 그런 부류가 아니었다. 정반대였다. 하지만 뉘알라와 로잘리는 사뮈엘의 판단을 존중하기로 했다. 무엇보다 사뮈엘을 본 사진사의 얼굴이 창백해졌다가 천천히 새빨갛게 변했기 때문이었다.

"선생님 반은 정말 소란스러워요. 짓궂은 몇 놈이 선동해서 반을 완전히 엉망으로 만들어 놓고 있어요."

이제 막 도착해서 학생들 옆에 자리를 잡은 발랑탱 선생님에게 사진사가 불만을 털어놓았다.

"무슨 소리에요?"

선생님이 영문을 모르겠다는 듯이 되물었다.

"얌전하고 사랑스럽기만 한데요!"

사진사는 고맙게도 스웨터를 올려 입을 가리고 혼자 투덜거리며 일을 계속했다.

뉘알라는 사진이 기괴하게 나와서 시간이 지나고 반 친구들이 사진을 꺼내 볼 때, 다비드의 광대 짓과 사뮈엘의 험악한 인상만 눈에 띄었으면 하고 바랐다. 그래서 사진 한구석에 있는 자신의 커다란 배가 보이지 않기를.

바람과 빗속에서 11월이 흘러가고 있다. 정오에 학교 식당에서 친구들을 만났다. 뉘알라는 시간이 흐를 수록 등 뒤에서 쑥덕거리는 소리에 익숙해졌다. 그리고 더 이상 그런 것에 신경 쓸 겨를도 없었다. 이제 딱 두 가지에 집중하고 있었다. 기말 성적과 아기. 성적으로 말하자면 아주 훌륭하게 마무리될 것 같았다. 선생님들은 이제 뉘알라를 전적으로 신뢰하고 있었고, 학급 분위기를 이끄는 중요한 인물로 인정하고 있었다. 아기로 말하면, 반대로 점점 상황이 흥미로워지고 있었다.

집에는 흰색과 노란색으로 치장된 작은 방이 준비를 끝내가고 있었고, 버드나무 요람은 최근에 하얀 플륌티 자수(도톰하게 수놓는 프랑스 전통 자수법)로 치장되었다. 새끼 오리가 장식된 작은 옷장도 하나 들여 놓았다.

"정말 예쁜 방이 되지 않았니?"

"맞네요."

뉘알라가 대답했다.

"맞아. 멋져."

'고마워요' 하고 입으로만 대답하고 뉘알라는 발길을 돌렸다. 머릿속에서, 그리고 가슴속에서 '못 해! 못 할 거야! 못 하겠어!' 하는 외침이 전장의 북소리처럼 울리고 있었다. 방으로 돌아가는데 눈물로 눈앞이 흐려졌다. 복도에 깔린 양탄자에 발이 걸려 넘어질 뻔했다. 불안 때문에 숨이 막혔다. 배 속에 있는 아기는 이제 삼바를 추고 있었다. 떨림이나 파장 정도가 아니었다. 아이가 발길로 배를 찬다. 이제 그만 징징대고 그날을 대비하라는 듯이.

일주일 전에 카를레 박사를 면담하고 왔다. 아기는 2킬로그램이 넘었고, 44센티미터 가량으로 자랐다. 지금 태어난다고 해도 살 수 있을 것이라고 했다. 하지만 조금 더 자라는 것이 좋다고 했다. 뉘알라는 카를레 박사에게 성탄절 방학 때까지는 학교에 나갈 수 있으면 좋겠다고 했다.

뉘알라는 아기가 방학이 시작될 때 태어났으면 좋겠다고 온 마음으로 간절히 바랐다. 그렇게 되면 1월 개학에 맞춰 학교로 돌아갈 수 있을 것이다. 어린 엄마는 아무에게도 그 이야기를 하지 않았지만, 밤마다 잠들기 전에 조용한 목소리로 아기에게 간절히 부탁했다. 서두르지도 말고, 늦장 부리지도 말고 엄마가 어려움 없이 2학년에 올라갈 수 있게 해달라고.

이제 연극 연습은 한참 절정에 달해 있었다. 뉘알라는 연습장을 자주 찾아갔다. 카퓌신은 완벽하게 미란다였다. 흠잡을 데 없이 역할과 완전히 일치했다. 그 덕에 발랑탱 선생님은 어려움을 겪는 다른 연기자들에게 신경 쓸 수 있었다. 세자르의 연기도 역시 완전히 물이 올랐다.

활기차고 경쾌한 세자르의 성격이 늙은 마법사에게 독특한 색깔을 부여했다. 대본상의 성격과 대비되는 면이 있었지만, 그렇다고 프로스페로의 본질을 훼손하지도 않았다. 뉘알라는 양심에 손을 얹고 생각해 보건대, 세자르보다 잘했을 것 같지 않았다. 뉘알라는 이제 세자르의 연기에 박수를 보내고 있었다.

12월의 첫 번째 화요일, 점심시간에 카퓌신이 뉘알라의 옆에 와서 앉았다. 그날 연습만 자기 대신 무대에 서 달라고 부탁했다.

"뉘알라 너는 공연 연습을 많이 보았으니까. 내 역할을 잘 알거야. 난 확신해. 게다가 너는 작품을 잘 알고 있잖아."

"들어 봐."

뉘알라가 반대했다.

"발랑탱 선생님은 찬성하지 않을 거야. 그리고 나는 네 역할을 그 정도로 잘 알고 있지 않아."

"발랑탱 선생님은 이미 알고 있어. 국어시간이 끝나고 선생

님께 말씀 드렸거든. 대사를 다 외울 수 없어도 돼. 대본을 들고
하면 되니까."

"왜 오늘 연습을 하지 않겠다는 거야?"

두 손으로 배를 움켜쥐고 카퓌신이 얼굴을 찡그렸다.

"요새 스트레스가 너무 심해서 그래."

뉘알라는 놀란 눈으로 카퓌신을 바라보았다. 카퓌신은 무슨
일을 하건 투지에 넘쳤다. 학교에서건 합창단에서건 수영부에
서건 뛰어난 학생으로 인정 받고 있었다.

"오늘 저녁 경기가 있어. 수영 말이야. 아빠가 날 보러 온대.
평소에 안 오시거든. 그것 때문에 긴장이 심하네."

"왜 한 번도 오시지 않은 거야?"

"우리 부모님은 이혼했어. 나는 엄마랑 살고 있고. 아빠는 성
적표에 서명하는 것 말고는…… 수업 외의 일에는 관심이 없어.
자기도 노력해 보겠노라고 하지만 말이야. 아빠를 실망시키고
싶지 않아."

카퓌신이 덧붙였다.

"이해할 수 있겠어."

뉘알라가 대답했다.

"그러니 제발……."

"너무 긴장하지 마, 다 잘될 거야. 넌 절대 실패하지 않을 거야. 모든 일에 완벽하잖아. 물론 미란다 역도 마찬가지고. 그리고 다른 얘기인데, 6월 공연 때 아빠더러 오라고 하는 것은 어때?"

"못 올 거야. 내가 잘 알아. 외국에 회의가 있거나, 뭐 그런 비슷한 일이 있을 테니까. 이전에 우리 언니한테도 똑같이 그랬어. 그러니까…… 내 부탁 들어주는 거지? 내 대신 연습해 줄 거지?"

세자르가 두 소녀가 있는 데로 서둘러 걸어오고 있었다. 세자르가 한 손을 높이 들었다. 소녀들은 자리에서 일어났다.

"오늘 뉘알라가 내 대신 무대에 올라갈 거야."

세자르가 도착하자마자 카퀴신이 말했다.

"뉘알라가? 나쁠 것 없지."

힘 빠진 목소리로 소년이 대답했다.

"내 머리로 기왓장이 한 장 떨어졌거든. 무슨 일인지 들어볼래?"

"뭔데?"

"발랑탱 선생님이 극 중에서 첼로를 연주하라고 하셔. 프로스페로에 뭘 잔뜩 갖다 붙이고 계시는 중이라고. 내 첼로를 켜면 냄비 닦는 소리가 난단 말이야."

세자르가 절망적으로 몸부림치고 있었다. 울기 직전이었다.

"넌 음악원에 다니잖아?"

뉘알라가 물었다.

"맞아, 그런데 나는 우리 음악원에서 바보 멍청이야."

"그럼 음악원을 그만둬! 자 가자, 곧 연습 시작할 거야."

뉘알라가 말했다.

배우가 되었더라면 얼마나 정신이 없었을까? 발랑탱 선생님이 배우들에게 지시를 내리는 동안 뉘알라는 조용히 자신의 행복을 맛보았다. 세자르는 선생님 옆에 앉아서 1분마다 비참한 한숨을 길게 내쉬었다.

"첼로라니!"

세자르는 쉬지 않고 투덜댔다.

"차라리 캐스터네츠를 들고 나오라고 하시지!"

다비드가 성난 눈으로 세자르를 노려보았다.

"정신 차려라! 그렇게 서 있으면 어떻게 하나! 다음 장면 들어가야지!"

뉘알라는 살며시 웃고 있었다. 그러다 갑자기 뉘알라의 표정이 굳어졌다. 날카로운 통증이 섬광처럼 온몸을 찢고 지나갔다. 배가 갑자기 팽팽하게 긴장되더니, 수박 껍질처럼 단단하게 굳었다. 뉘알라는 두 손으로 배를 감싸 안았다. 하지만 통증은 더 심해졌다.

"뉘알라, 어디 불편하니?"

발랑탱 선생님이 뉘알라에게 달려와서 물었다.

"배가 아파요."

숨을 헐떡이며 뉘알라가 대답했다. 뉘알라의 얼굴이 고통으로 일그러졌다. 눈에 눈물이 고였다. 잠깐 사이 친구들이 뉘알라의 주변에 모여들었다.

"아이를 낳으려고 하는 건가요, 선생님?"

폴린이 작은 목소리로 발랑탱 선생님에게 물었다.

"폴린, 교장 선생님께 빨리 알려. 그리고 당장 구급대에 전화해, 데세뉴 부인께도!"

출산의 신호가 있고 나서부터 무서운 날들이 계속되었다. 배 속
에서 아기가 그네를 뛰고 있는 것 같았다. 뉘알라는 병원에 입
원했고 카를레 박사가 매일 뉘알라를 찾아왔다. 일주일 동안 격
렬하게 자궁수축이 있었다. 그럴 때마다 뉘알라는 아기가 곧 나
오려는 것이라고 생각했지만, 그러다가 문득 언제 그랬냐는 듯
진정되곤 했다. 산파가 말하기를 자궁수축이 있기는 하지만, 산
도가 확장되지도 않았고 양수도 터지지 않았다고 했다. 카를레
박사는 뉘알라를 집에 돌려보내려고 하는 것 같았다. 뉘알라는
속으로 쾌재를 불렀다. 방학 때까지 학교에 나갈 수 있고 친구
들과 같이 기말고사도 치를 수 있겠다고 생각했다. 아직 3주 정
도는 시간이 있는 것 같았다. 이번 진통은 진짜가 아니었다.

하지만 불안하게도 태아의 심장 박동이 불안정했기 때문에 카를레 박사의 생각이 바뀌었다. 뉘알라는 출산할 때까지 병원 침대에 누워서 고통을 견뎌야 했다. 카를레 박사는 12월 20일이 출산 예정일이고, 얼마쯤 미뤄질 수도 있다고 했다. 운명의 날이 가까워질수록 뉘알라의 두려움도 커졌다. 복도를 지나다가 어떤 산모가 진통이 시작되었다는 얘기를 들었다. 뉘알라는 너무 무서워서 서둘러 자기 병실로 돌아와 침대에 누워서 귀를 막았다. 뉘알라는 아기를 낳기 싫어서 그런 것이 아니었다. 단지 그 아픔이 두려웠던 것이었다. 고통스런 분만의 과정이 머릿속에 떠오르는 것을 견딜 수가 없었다.

오펠리와 폴린은 두 번이나 다녀갔다. 전날 저녁에는 발랑탱 선생님이 와서 따뜻하게 이런저런 말을 해 주었다. 뉘알라의 마음이 좀 안정되었다. 발랑탱 선생님은 뉘알라의 몸이 좀 나아지면 기말고사를 병원에서 치를 수 있게 해 주겠다고 약속했다. 뉘알라는 마음이 훨씬 편해졌다. 벡 선생님도 기말고사를 치를 수 있게 해 주겠다고 했다. 샤르댕 미술 선생님은 지금까지 뉘알라가 부지런히 작업을 해 놓아서 뒷일은 걱정하지 않아도 되며, 의상팀이 뉘알라의 귀환을 애타게 기다리고 있다고 했다.

일주일 전부터 솔랑주 데세뉴와 피에르 데세뉴가 번갈아 뉘알라 옆을 지켰다. 할아버지는 만나는 사람마다 붙들고 자기가 병원 공포증 때문에 뉘알라에게 못 가는 게 아니라, 병원 사람들이 손녀 뒤에서 쑥덕거리는 것을 참을 수가 없기 때문에 차라리 가지 않는 것이라고, 만약 그게 아니라면 자기가 앞장서서 뉘알라의 병원 일을 다 처리했을 것이라고 떠들고 다녔다.

자코트는 매일 뉘알라에게 문자메시지를 보냈다. '힘내', '하루 종일 네 생각만 하고 있어', '아기가 태어나서 품에 안기면 그 기쁨은 정말 굉장할 거야'.

예정일이 점점 가까워 오고 있었다. 산파가 출산을 수월하게 한다는 운동을 가르쳐 주었다. 뉘알라는 부를 대로 부른 배 때문에 말도 못하게 몸이 불편해졌는데도 운동까지 규칙적으로 해야 했다. 그렇게 일주일이 또 지나갔다. 그리고 방학 바로 전날 목요일이었다. 태아의 심전도계의 파장이 급격히 변화했다. 산파는 카를레 박사에게 달려갔다. 몇 분만에 박사는 제왕절개를 결정했다. 뉘알라는 울음을 터뜨렸다.

"그게 아이에게 더 나아요."

카를레 박사가 뉘알라를 진정시키려 애썼다.

"겁내지 말아요. 다 잘될 테니까요. 옛날에 경막외마취에 대해 이야기했었죠? 하지만 지금은 그보다 전신마취를 해야겠어요. 시간이 너무 촉박해요. 안타깝게도 뉘알라는 아이가 태어나는 것을 볼 수 없겠어요. 산모에게는 굉장히 불안한 일이 될 거예요. 그렇지만 이 모든 조치가 뉘알라와 뉘알라의 아이를 위한 것이에요. 알겠죠?”

뉘알라는 손등으로 눈물을 훔치며 고개를 끄덕였다. 주변 사람들은 뉘알라에게 용기를 내라고 했고, 꿋꿋해야 한다고 했다. 그 순간이 다가온 것이다. 이렇게 엉엉 울고 있는 엄마를 보면, 아기가 뭐라고 할까?

“부모님께도 연락했어요.”

카를레 박사가 말했다. 병실 문 앞에 간호사가 서 있었다.

“제가 준비시키겠습니다.”

“분만실에서 몇 분 있다가 다시 만날 거예요. 뉘알라, 걱정하지 말아요. 그리고 힘내요.”

카를레 박사가 모습을 감췄다. 간호사는 친절하고 따뜻하게 대해 주었다.

“음모 아래쪽에서 절개를 할 테니까, 음모가 다시 자라게 되면 흉터가 보이지도 않을 거예요. 비키니도 입을 수 있어요.”

등을 똑바로 하고 누워 있으려니 속이 뒤집히고 곧 토할 것만 같았다.

"너무 힘들어요."

뉘알라의 입에서 쉰 목소리가 흘러나왔다. 간호사 둘이 뉘알라의 침대를 밀고 복도로 나갔다. 그리고 승강기 앞에 섰다. 오른팔에 정맥주사가 꽂혔다.

"분만실에 도착했어요."

한 간호사가 뉘알라에게 알렸다. 생경한 풍경이었다. 분만실은 환하게 밝힌 지하실 같은 느낌이었다. 천정에 달린 커다란 전구에서 불빛이 쏟아져 내렸다. 수많은 모니터들과 깜박이는 작은 전구들이 있었고 여기저기에서 삐삑 소리가 난다. 간호사들이 뉘알라를 분만대 위로 옮겼다. 카를레 박사는 수술복으로 갈아입고 분만실로 들어섰다. 마스크가 목에 걸려 있었다.

"다 잘될 거예요."

박사는 뉘알라를 보고 웃으며 다시 한 번 말했다. 통통한 마취전문의는 발랑탱 음악 선생님을 닮았다. 마취전문의가 친절하게 웃으며 뉘알라에게 인사를 건넸다.

"무서워요."

뉘알라가 웅얼거렸다.

"뭐가 무서워요?"

"깨어나지 못 할까 봐요."

"아가씨, 반드시 깨어날 거예요."

의사가 자신 있게 말했다.

"눈을 뜨면, 품에 멋진 선물이 안겨 있을 거예요."

모두 아기는 놀라운 선물이라고 말한다. 뉘알라는 눈을 감고 세상에 나온 아기가 어떻게 생겼을까 상상해 보았다. 마취전문의가 뉘알라에게 몸을 숙였다. 눈물 너머로 의사의 모습이 희미했다. 허리께에 초록색 천이 걸렸다. 그리고 팔뚝이 따끔따끔하더니 뉘알라는 곧 침묵과 어둠 속으로 빨려들어 갔다.

12

아기의 이름은 에스페랑스, 나이는 3일, 키는 51센티미터, 몸무게 3킬로그램 하고도 275그램.

엄청나게 울어 댄다.

뉘알라는 침대에 누워서 애정과 절망이 뒤섞인 애절한 눈빛으로 아기를 바라보고 있다. 뉘알라의 딸은 왜 그렇게 울어 댈까?

"배가 고파서 그래."

솔랑주가 아기를 냉큼 안고 얼렀다.

"울지 마, 할머니야."

에스페랑스는 울음을 뚝 그쳤다. 보육사가 배꼽의 거즈를 갈러 와서 안아 줄 때도 역시 울지 않았다. 뉘알라의 품에 안길 때

에만 엄마 품이 불안하다는 듯이 그 어느 때보다 우렁차게 울었다.

"젖이 잘 나오지 않네. 보육사에게 모유화 분유를 달라고 해야겠어."

솔랑주가 말했다.

"아니야, 조금 더 기다려 봐. 산파가 그러는데 젖을 물리는 게 처음에는 다 힘들다고 그랬어."

아이가 태어나고 몇 시간이 지나 회복실에 있을 때 젖이 불었다. 가슴이 따끔거리는 것이 불쾌했다. 그리고 돌처럼 딱딱해지면서 누르스름한 액체가 젖꼭지에서 새어 나와 윗도리와 홑이불을 적셨다.

"초유예요!"

옆에 있던 간호사가 외쳤다.

"아기를 데려올게요. 아드님 몸에는 초유만 한 것이 없지요."

"딸이에요."

뉘알라가 고쳐 말했다. 딸이었다. 뉘알라는 딸의 어머니가 된 것이다. 의식을 회복하자마자 간호사가 딸을 낳았다고 알려 주었다. 뉘알라는 분만실 근처에 있는 4인 병실에 있었다. 회복실은 분만실보다는 덜 했지만 비슷한 기계들이 들어차 있었다. 나머지 침대는 모두 비어 있었다. 간호사가 수시로 찾아와서 정맥 주사와 혈압을 확인하고 갔다.

"그렇군요, 딸이로군요. 따님이 세상에서 받는 첫 선물로 초유만 한 것이 없죠!"

간호사가 말했다. 딸에게 좋은 선물을 주고 싶었다. 하지만, 귀청이 떨어질 만큼 우렁찬 울음소리에 뉘알라는 진이 다 빠졌다. 어쨌든 에스페랑스는 엄마의 젖을 빨았다. 세 시간 간격으로 보육사가 찾아왔다. 에스페랑스가 너무 예쁘다며 감탄을 금치 못했다. 발랑탱 선생님과 갈라르 선생님 역시 감탄을 연발했다. 두 분은 어제 수업이 끝나고 제자를 찾아왔다.

"정말 예쁜 딸이네!"

발랑탱 선생님이 말했다. 두 선생님이 병실에 있는 동안 에스페랑스는 얌전히 있었다. 하지만 두 분이 떠나자마자 에스페랑스의 콘서트는 다시 시작되었다. 뉘알라는 눈물이 터지려는 것을 간신히 참고 있었다. 이제 울면 안 된다. 에스페랑스에게는 뉘알라가 필요하니까. 뉘알라는 더 강하고, 용감해져야 한다. 그때 엄마가 들어왔다. 할머니가 된 솔랑주는 저러다 손녀가 굶어 죽겠다고 한숨을 크게 내쉬었다.

3일이 지나고 뉘알라는 천천히 혼자 움직일 수 있게 되었다. 수

술한 자리는 아직도 무척 아팠지만, 꼬부랑 할머니처럼 허리를
숙이고 걸을 수 있게 되었다. 그래도 정맥주사는 뗴었으니 그것
만으로도 다행이었다. 뉘알라는 이제 혼자서 화장실에 갈 수 있
게 되었다. 다 큰 처녀가 화장실 시중 받는 것은 정말 못 견디게
창피한 일이었다. 이제 집에 돌아갈 시간이 다가오고 있었다.

이제 뉘알라는 소중한 책과 그림들 사이에서 살 수 있게 된
것이다. 퇴원을 앞두고 카를레 박사가 뉘알라에게 물었다. 배도
꺼지고 몸도 가벼워졌으니 이제 좀 살 것 같으냐고 했다. 뉘알
라가 대답했다. 아기가 배 속에 있을 때에는 둘만이 가지는 내
밀한 관계가 무엇과도 바꿀 수 없는 기쁨이었다고.

"하지만 지금은 너무 불만스러워요. 아무나 요람으로 달려들
어 제멋대로 에스페랑스를 안아 들고서 혀 짧은 소리로 에스페
랑스에게 말을 거는데, 아주 소름 끼쳐요. 에스페랑스는 인형이
아니잖아요. 제가 뭐라고 할라 치면, 옆에 있는 사람들은 제가
열다섯 살밖에 되지 않았다고 무시해요. 대부분 우리 엄마가 그
렇죠. 거기에 간호사나, 보육사도 마찬가지에요. 저는 너무 어
리니까 잠자코 어른들이 하는 것을 보고 배우라는 거예요."
뉘알라는 12월 24일 오후에 퇴원했다. 에스페랑스는 태어난 지
8일, 몸무게도 많이 늘었다. 지금은 따뜻한 플란넬 우주복을 입

고 아기 바구니 속에서 잠들어 있었다. 기적처럼. 솔랑주가 푹신한 분홍색 천으로 안을 댄 플라스틱 아기 바구니를 자랑스럽게 들고 있었다. 뉘알라의 몸은 아직도 온전치 않아서 걸음을 제대로 옮기지도 못했다. 뉘알라는 커다란 북극곰 인형을 손에 들고 엄마를 뒤따라갔다.

어제저녁 다비드와 폴린이 1학년 5반 대표로 뉘알라를 찾아왔다. 곰 인형은 반 아이들의 선물이었다. 다비드는 돌아갈 때까지 곰 인형 뒤에 숨어서 머쓱하게 앉아 있었다. 산모의 방에 있는 것이 어색했던 것이다. 폴린은 반대로 쉬지 않고 질문을 퍼부었다. '많이 아팠니?', '마취할 때 무섭지 않았니?', '딸을 가진 엄마가 되니 기분이 어떠니?', '개학하는 대로 학교에 나올 수 있겠니?'. 뉘알라가 듣기에는 마지막 질문만 쓸 만해 보였다.

"당연히 개학하는 대로 학교에 나가야지. 그만큼 결석했으면 충분한 것 아닌가?"

뉘알라는 엄마 차를 타고 집으로 돌아가고 있었다. 아기 바구니는 뉘알라 옆에 있었다. 개학 때까지 몸이 완전히 회복될지 확신이 서지 않았다. 수술 자리는 아직도 많이 아팠다. 카를레 박사는 2, 3일 후에 봉합클립을 제거하겠다고 했다.

에스페랑스에게 젖을 물리는 일이 가장 큰 걱정거리였다. 모든 사람들이 하나같이 입을 모아 겨울 동안에는 모유로 길러야 한다고 뉘알라를 설득하고 있었다. 하지만 그럴 경우, 뉘알라는 집 밖으로 한 발짝도 나갈 수 없을 것이다. 서너 시간마다 젖을 물려야 한다면 어떻게 학교에 다닐 수 있을까? 생각할 수도 없는 일이었다.

"약국에서 젖 짜는 기계를 빌려 와야겠다. 너는 필요한 만큼 젖을 짜 놓고 학교에 가. 그러면 자코트와 내가 시간 맞춰 젖병을 물리면 되겠어."

문제가 생길 때마다 뉘알라 엄마는 해결책을 찾아냈다. 엄마는 자랑스런 표정으로 환하게 웃고 있었다. 당연히 뉘알라는 엄마의 제안에 아무 대꾸도 하지 않았다. 이게 무슨 꼴이란 말인가? 뉘알라는 젖소가 아니었다. 학교에 가야 한다면 최대한 빨리 가는 것이 좋고, 그렇게 되면 젖을 줄 수 없다. 에스페랑스는 엄마 젖을 먹을 수 없는 것이다. 그러면 분유를 먹이면 되는 일이었다. 간단한 일이다. 뉘알라는 다른 해결 방법을 찾을 수 없었다.

만약 젖이 잘 나오지 않는 척하면, 솔랑주는 뉘알라가 젖 주기 싫어서 그러는 것이라고 생각할 것이고 뉘알라를 지각없는 애기 엄마라고 비난 할 것이다. 코끝이 찡해지며 눈물이 찔끔 솟았다. 아무에게도 말할 수 없었지만, 뉘알라는 젖을 물리는 일이 정말 싫었다. 저절로 젖이 솟아 옷을 더럽히는 것도 싫었다. 브래지어 속에 종이 찻잔 받침을 대고 다니는 것도 싫고, 젖이 흘러 찻잔 받침을 다 적시고 옷까지 더럽히는 것은 정말 싫었다. 브래지어 속에 찻잔 받침을 대는 건 보육사가 가르쳐 준 방법이었다.

얼마 되지 않아, 에스페랑스는 엄마의 가슴만 보면 먹이를 발견한 맹수처럼 달려들었다. 이제는 제법 힘이 붙어서 젖꼭지까지 뜯어 삼킬 듯한 기세였다. 뉘알라는 젖을 물릴 때마다 두려움에 떨어야 했다. 그저께, 마지막으로 젖을 물리고 나서 보니 젖꼭지 끝에 핏방울이 맺혀 있었다. 젖꽃판도 평소보다 부은 듯했다.

"젖꼭지가 짓물렀네요."

간호사가 말했다.

"젖꼭지를 항상 건조한 상태로 유지해야 해요. 찻잔 받침을 가능한 자주 갈아 주세요. 일단 연고를 좀 드릴게요."

뉘알라의 화장품 주머니 속에 연고가 자리 잡았다. 뉘알라의 놀란 손이 깊은 한숨과 함께 평평해진 배를 쓰다듬었다. 에스페랑스는 아기 바구니 속에서 조그만 얼굴을 찡그리며 발길질하고 있었다.

"다 왔다, 아가야!"

솔랑주가 후면경을 흘긋 쳐다보며 말했다. 자동차가 호텔 마당으로 들어서자, 바구니 속에서 울음이 터져 나왔다. 안전띠를 풀고 뉘알라는 딸을 들어 품에 안았다. 가슴에 축축하고 뜨뜻한 열기가 느껴졌다.

또 젖이 흐른 것이다.

13

성탄절 아침, 자코트는 선물을 들고 동생의 방으로 들어갔다. 헝겊 인형은 에스페랑스 것이고, 말린 제비꽃 다발은 뉘알라 것이었다. 뉘알라는 힘들게 눈을 떴지만 정신은 여전히 몽롱했다.

"불쌍한 내 동생! 도대체 심술궂은 에스페랑스가 밤새 몇 번이나 너를 깨운 거야?"

"새벽 다섯 시에 마지막으로 젖을 물렸어. 그리고 삼십 분 동안 울어 댔어. 정말 힘들어 죽겠어."

뉘알라가 대답했다.

"불쌍한 뉘알라."

자코트가 휠체어를 움직여 에스페랑스의 요람으로 다가갔다.

"부탁이야 지금은 깨우지 마. 나도 이제 참을성이 바닥났단 말이야."

"알았어. 깨우지 않을게, 걱정하지 마."

"언니야! 언니 네가 내 대신 젖 좀 물려라."

"뉘알라! 너 정말 피곤해서 정신이 나갔구나. 그런 헛소리를 하다니."

"이렇게 힘든 일일 줄은 정말 생각도 못했어."

"엄마 말대로 젖 짜는 기계를 빌려 오는 게 좋겠어. 나랑 엄마가 돌아가며 젖병을 물리면 되잖아."

뉘알라는 슬픈 표정으로 고개를 가로저었다.

"아무래도 나 이 짓은 더 이상 못 하겠어."

"이 짓이라니?"

"젖! 젖! 젖 물리기 싫어! 끔찍해!"

"그런데 왜 진작에 말하지 않았어?"

"엄마가 소리 지르고 난리를 피울 거야. 내가 분유를 먹이자고 하면, 엄마는 에스페랑스를 내다 버리는 짓이라고 할 걸."

"과장이 심한 것 같구나."

"과장이 심한 건 내가 아니야. 엄마한테 물어봐. 엄마가 어떻게 생각하고 있는지."

"엄마는 엄마 방식대로 널 도우려고 하는 거야. 너를 나쁜 엄마라고 생각하는 게 아니야.”

“월요일에 병원에 가면 카를레 박사님과 상담을 좀 해야겠어. 더 이상 견딜 수가 없어. 카를레 박사님은 의사니까, 모유 수유에 대해서는 엄마보다 더 잘 알 거야.”

“그렇구나, 네 말이 옳아. 하지만 엄마를 너무 몰아세우지는 마. 엄마는 널 위해 그러는 거야. 에스페랑스와 너, 두 사람을 위해서.”

“엄마든 아빠든 할아버지든, 언니는 언제나 똑같은 말만 하잖아. ‘전부 널 위한 거야’. 하지만 난 그렇게 생각하지 않아. 엄마는 내가 너무 어려서 애를 기를 수 없다고 생각해. 엄마가 에스페랑스에게 어떻게 하는지 한 번 봐 봐! 자기가 에스페랑스 친엄마인 것처럼 행동하잖아. 게다가 이것 입혀라, 저것 입혀라 옷 입히는 것까지 간섭한다니까.”

“엄마가 에스페랑스 옷을 엄청나게 만들어 놓았잖아.”

“그으래, 하지만 면 속옷을 입혀야 할지 순모 조끼를 입혀야 할지 정도는 나도 안다고. 그런 잔소리는 필요 없어.”

“알겠어.”

자코트는 뉘알라에게 위로와 휴식이 필요하다는 것을 깨달았다. 하지만 어떻게 동생을 도울 수 있을지 방법을 찾을 수 없었다. 요람 속에서 나지막한 울음소리가 새어 나왔다. 금세 소리가 높아지더니 방 안에 태풍이 인 것 같았다. 뉘알라가 신경질적으로 이불을 치우고 자리에서 일어났다.

"봐, 애가 깼잖아! 언니 때문이야."

뉘알라는 원망이 가득한 눈빛으로 자코트를 노려보았다.

"난 아무 짓도 안 했어! 지금까지 작은 목소리로 말했잖아!"

자코트가 억울한 표정으로 뉘알라를 바라보았다.

"어떻게 도와줄까?"

자코트는 미안한 듯 뉘알라에게 물었다. 에스페랑스는 이제 목청껏 울고 있었다. 뉘알라는 대꾸도 없이 방을 가로질러 갔다. 그리고 요람에서 에스페랑스를 안아 올려, 자코트의 무릎 위에 내려놓았다.

"애 좀 보고 있어. 나는 좀 씻어야겠어."

"젖부터 물려야 하는 것 아니야?"

"아직 시간 안 됐어."

"여덟 시 삼십 분이 넘었는걸. 마지막으로 젖을 물린 게 언제라고 했지?"

자코트가 재차 물었다.

"아직 시간 안 됐다고!"

뉘알라의 대답은 똑같았다. 자코트가 에스페랑스를 품에 안고 달래고 있을 때, 뉘알라는 문고리를 잡고 서 있었다.

"씻고 와. 하지만 서둘러, 언제 다시 울지 모르잖아."

뉘알라는 복도에서 엄마와 마주쳤다.

"애 울음소리를 들은 것 같은데?"

뉘알라와 인사 하기도 전에 솔랑주가 물었다.

"엄마! 기쁜 성탄절! 아기는 울지 않았어요. 내 딸이 도살장에 끌려가는 송아지처럼 발성 연습을 하더라고. 나는 좀 씻어야겠어."

뉘알라는 솔랑주를 뒤로 하고 욕실로 향하며 맘속으로 짜증과 분을 삭이고 있었다. 퇴원 후의 생활은 병원에서 생각했던 것과 전혀 달랐다. 솔랑주는 뉘알라가 아기를 돌볼 줄 모른다는 걸 증명하려는 사람 같았다. 에스페랑스는 병원에서보다 훨씬 자주 울었다. 자코트는 연민 가득한 표정으로 뉘알라를 바라보았다.

'불쌍한 내 동생.'

하지만 뉘알라가 원하는 것은 연민이 아니었다. 단지 자신의 어려움을 이해해 주기를 바랐다. 보육사가 말하기를 아이가 엄마와 익숙해지는 데는 시간이 걸린다고 했다. 그리고 아이를 길들여야 한다고 했다. 짐승을 길들이는 것과 크게 다르지 않다고, 그 기간은 며칠에서 몇 달까지 걸릴 수 있다고 했다. 애정과 인내가 필요한 시간이라고 했다. 아이가 엄마에게 기대하는 것은 그것이라고 했다. 하지만 지금 뉘알라는 아기를 편안하게 해줄 만큼 애정이 솟지 않았다. 피로가 누적되어 있고, 심리적으로도 불안하기 때문에 휴식이 필요했다. 원하는 만큼 푹 자고 나야 그다음에 아기에게 무엇이 필요한지, 어떻게 다가갈지 생각할 수 있을 것 같았다. 하지만 솔랑주는 그런 얘기는 귓등으로도 들으려 하지 않았다.

"듣기 좋은 얘기일 뿐이야."

뉘알라가 보육사의 얘기를 할라 치면 솔랑주는 말허리를 잘랐다.

"젖을 충분히 먹이고, 최선을 다해서 아기를 돌보렴. 그럼 다 해결될 거야. 날 믿어!"

에스페랑스의 울음과 함께 성탄절 하루가 열렸다. 뜨뜻한 젖줄기가 새어 나온다. 등 근육이 이완되는 느낌이었다. 평평해진 배를 타고 비눗물이 흘러내리는 것을 바라보고 있었다. 음모가 새로 돋기 시작했다. 카를레 박사는 수술 자국이 예쁘게 아물고 있다고 했지만 뉘알라의 눈에는 쭈글쭈글한 살이 보기 싫었다. 절개선을 꼭 물고 있는 봉합클립 때문이었다. 대충 물만 적시고 아쉽지만 수도꼭지를 잠갔다. 병원에서 수술 자리에 물이 닿으면 안 된다고 했기 때문이다. 뉘알라는 몸을 말리고 깨끗한 옷으로 갈아입었다. 임신 전에 입던 청바지가 옷장 구석에 가득 쌓여 있다. 이제는 임신 전에 입던 청바지도 맞을 것 같았다. 끊임없이 스웨터를 더럽히는 젖 문제만 남았다.

뉘알라는 월요일에 카를레 박사를 만나서 꼭 그 얘기를 해야겠다고 다짐했다. 욕실 문을 열고 복도로 머리를 내밀었다. 멀리서 에스페랑스 울음소리가 들렸다. 솔랑주가 아이를 달래는 소리도 같이 들렸다.

주말이 저물고 있었다. 뉘알라는 가족들의 등살에 신경이 터질 것만 같았다. 할아버지마저 소금 치는 소리를 했다. 피로에 찌들어 자리에 누웠지만 잠은 오지 않았다. 일요일 내내 끊임없이 하품만 했다. 그래도 지금은 바윗 덩어리만큼 무거운 짐을 한번에 날려 버릴 생각을 하니 온밤을 지새울 수도 있을 것 같았다. 내일 카를레 박사를 만나서 봉합클립을 제거하고, 뿐만 아니라 죽도록 싫은 일 한 가지도, 마저 덜어 버려야겠다.

"뉘알라, 앉아요."

카를레 박사가 말하고 자기도 책상에 앉았다.

"자, 어때요? 몸은 좋아요? 아기는 어때요? 오늘, 아기도 데려 왔겠죠?"

"출발하기 전에 젖을 먹였어요. 엄마는 주차장에서 기다리고 계시고, 제가 돌아가기 전에 에스페랑스가 깨어나면 언니가 돌 볼 거예요."

"에스페랑스, 정말 예쁜 이름이네요! 좋아요. 오늘 봉합클립 을 제거할 거예요. 특별한 문제는 없지요? 아프지도 않고 피도 나지 않죠?"

"네…… 하지만……."

"말해 보세요."

"말씀 드리기 좀 복잡한데요. 제가…… 모유 수유를 그만뒀 으면 좋겠어요."

"아, 그래요? 무슨 이유라도? 젖이 충분하지 않은가요?"

"아니에요, 그런 게 아니고…… 그러니까……."

볼에 눈물이 흘렀다. 뉘알라는 손등으로 눈물을 훔쳐 내며 깊 은 한숨을 쉬었다.

"진정해요, 뉘알라."

카를레 박사가 부드럽게 말했다.

"천천히 말해 봐요. 모유 수유는 의무가 아니에요, 알고 있겠지만."

"정말요?"

"당연하지요. 전투를 치르듯 젖을 물리는 것보다, 사랑하는 마음으로 젖병을 물리는 게 백배 낫죠."

"선생님, 진심으로 하시는 말씀이에요? 그러면 앞으로는 젖을 물리지 않아도 좋아요? 에스페랑스가 힘들어하지 않는 건가요?"

"젖병에 익숙해지는 시간이 필요하겠죠. 하지만 아주 힘들만큼 자라지는 않았잖아요."

안심하라는 듯 카를레 박사가 환하게 웃고 있었다.

"자, 그러면 이제 봉합 부위를 좀 볼까요?"

클럽들이 금속성을 내며 진료대 위에 놓여 있는 철제 쟁반 위에 떨어졌다. 카를레 박사의 손길은 정확하고 부드러웠다. 뉘알라는 거의 아무것도 느끼지 못했다. 봉합 부위 주변에 약간 따끔한 느낌이 든 게 다였다.

"거의 끝났어요."

카를레 박사가 말했다.

“학교 공부는 좀 어때요?”

“개학하는 대로 등교하려고요. 할 수 있겠죠? 그러니까 의학적으로 가능하겠죠?”

“그럼요, 학교 다니는 데 아무 지장 없어요.”

카를레 박사가 자신 있게 말했다.

“자, 이게 마지막 클립이에요. 개인적인 질문을 해도 되나요?”

“당연하지요.”

뉘알라가 대답했다.

“학교 다니는 동안 에스페랑스는 어떻게 할 거예요?”

“엄마가 돌보실 거예요.”

“뉘알라 마음에 들 일은 아니군요. 자, 이제 옷을 입어요. 봉합 부위는 예쁘게 아물었어요.”

“엄마는 제가 하는 일에 사사건건 꼬투리를 잡으세요.”

뉘알라의 한숨이 깊었다. 뉘알라는 조심스레 침대에서 내려왔다. 카를레 박사는 뉘알라를 데리고 다시 진찰실로 갔다.

“산모과에 있는 보육사에게 말해 놓을게요. 보육사가 에스페랑스에게 먹일 분유 견본을 줄 거예요. 하나씩 먹여 보세요. 그 중에서 에스페랑스가 좋아하는 분유를 찾으면 돼요.”

뉘알라는 카를레 박사를 따라 진찰실로 들어가서 진심으로 감사를 표했다.

"아기 문제는 가족수당기금을 찾아가서 편부모 자격으로 상담을 신청해 보세요. 자격이 되니까요. 지역 유아방이나, 육아 전문가의 도움을 받을 수 있을 거예요. 뉘알라를 도울 수 있는 전문가 명단을 받을 수 있어요."

"고맙습니다."

뉘알라는 카를레 박사와 따뜻하게 악수하고 진찰실을 나왔다. 박사는 처방전을 써 주었다.

에스페랑스 데세뉴에게 모유화 분유를 처방한다. 모유수유는 중단한다.

뉘알라는 자랑스럽게 처방전을 가슴에 붙이고 진찰실을 나왔다. 그리고 산모과로 향했다.

14

개학날 아침, 뉘알라는 이전에 자코트가 떠 준 커다란 연분홍 모직 목도리에 얼굴을 반쯤 가리고 서둘러 클로슈 호텔을 나섰다. 며칠 전부터 혹독한 추위가 계속되고 있었다. 잿빛 하늘은 나지막이 내려앉았고, 햇살이 구름에 가려 거리는 어둑했다. 뉘알라는 길을 건너 학교 쪽으로 내려갔다. 인적이 드물었다. 넉 달 전 걱정을 잔뜩 품고 처음으로 이 길을 걸어 카스텔리 고등학교까지 갔다.

부른 배를 안고 교문에 들어서는 것도, 임신 사실에 대한 같은 반 아이들의 반응도 걱정스러웠다. 하지만 결국 모든 것이 순조롭게 진행되었다. 반 아이들은 처음에 약간 충격을 받았을 뿐, 그 일로 뉘알라에게 적대감이나 혐오감을 드러내지 않았다.

그 충격이 사그라들자 어럽지 않게 친구가 되었다.

그럼에도 통통한 가슴과 커다란 배를 하고 학교에 다니는 일이 쉽지는 않았다. 등 뒤에서 아이들이 자신을 비웃을 것만 같았다. 아마도 비웃었을 것이다. 하지만 뉘알라의 눈에 띈 적은 없었다. 그런 생각이 들 때마다 뉘알라는 출산 예정일만 손꼽아 기다렸다.

뉘알라의 몸은 빠르게 회복되어서 금세 또래 아이들의 체형과 비슷해졌다. 이제는 꼭 끼는 청바지와 딱 붙는 스웨터를 입을 수 있다. 카를레 박사와 엄마, 솔랑주도 금방 예전의 몸매가 돌아올 거라고 했고, 사실이 그랬다. 오늘 아침 뉘알라는 가슴이 통통 불어 있었지만, 기분은 더없이 산뜻했다. 배 속에 품고 있던 모래주머니는 이제 버드나무 요람 속에서 곤히 자고 있었다.

딸을 생각하면 뉘알라의 마음이 죄어 왔다. 왜 그때 둘만의 내밀한 관계를 더 누리지 못했을까? 그 시절, 에스페랑스는 온전히 뉘알라에게만 속해 있었는데.

카스그랭 대로에 차량 행렬은 신호등이 바뀔 때마다 속도를 늦추며 천천히 흐르고 있었다. 뉘알라는 횡단보도 앞에 섰다. 길을 건너려는 사람들은 신호등을 뚫어지게 바라보고 있다. 뉘알라는 무에트 거리와 카스그랭 대로가 만나는 데서 폴린과 오펠리를 보았다. 둘은 활짝 웃고 있었다. 신이 난 표정이었다. 뉘알라가 손을 흔들었다. 하지만 두 소녀는 대화에 몰입한 듯, 뉘알라를 못보고, 걸었다. 보행자 신호가 들어왔다. 뉘알라는 서둘러 길을 건넜다. 오늘 하루 종일 얼굴을 볼 수 있을 테니까 굳이 달려가서 친구들을 부를 필요는 없었다. 그리고 지금은 쏟아지는 질문 세례를 피하고 싶었다. '어떻게 벌써?', '아기는?', '이제 젖 안 줘?'

사흘 전부터 에스페랑스에게 모유화 분유를 먹였다. 에스페랑스는 별 거부감 없이 젖병을 빨았다. 뉘알라가 젖병을 물리자, 에스페랑스는 인상을 쓰지도 않고 잠깐 머뭇하더니 걸신들린 듯 젖병을 빨았다. 사태가 이렇게 돌아가자, 솔랑주는 불만을 터뜨렸다. 그리고 뉘알라가 생각을 바꿔야 한다고 간섭했다. 하지만 뉘알라는 완강했다. 잘한 일이었다. 게다가 엄마도 쉽게 포기했다. 뉘알라가 월요일 개학하는 날부터 학교에 가겠다고 하자 솔랑주는 마뜩잖은 표정으로 고개를 가로저었다. 그것은 현실을 도피하는 것이고, 그런 결정에는 찬성할 수 없다고 했

다. 뉘알라 들으라고 넌지시 말했지만 뉘알라는 못 알아들은 척
했다.

뉘알라는 결석 기간 동안의 진도를 어지간히 따라잡을 수 있
었다. 친구들이 노트를 들고 뉘알라를 찾아왔기 때문이다. 새
학기가 별로 두렵지 않을 만큼 자신감이 넘쳤다. 하지만 에스페
랑스를 솔랑주에게 맡긴 게 잘한 일일까 의문스러웠다. 물론 솔
랑주는 최선을 다할 것이다. 솔랑주는 자기가 에스페랑스를 가
장 잘 돌볼 수 있다고 주장하고 또 그렇게 믿고 있지만, 뉘알라
는 그렇게 생각하지 않았다. 비타민D와 산책 같은 경우가 그 예
였다.

오전 열 시, 에스페랑스의 젖병에 비타민D를 넣어야 한다. 솔
랑주의 간섭에 굴하지 않고 뉘알라는 비타민을 탔다.

"제정신이니? 벌써부터 약을 먹이다니!"

솔랑주가 소리쳤다. 그리고 못마땅한 표정으로 뉘알라 손에
들린 약병을 노려보았다.

"엄마, 이건 꼭 필요한 거야. 겨울에는 특히. 비타민D는 칼슘
흡수를 돕는단 말이야. 그리고 햇빛을 쬐어야만 비타민D를 합
성할 수 있는데, 지금은 햇빛 한 자락 볼 수가 없잖아."

"네가 모유만 먹여도 그런 문제는 없잖아!"

뉘알라의 엄마, 솔랑주의 목소리에 비난이 섞여 있었다.

"모유를 먹여도 피할 수 없는 거야. 연한 설탕물에 한두 방울 섞어서 먹여야 해. 에스페랑스를 건강하게 키우고 싶으면 그렇게 해야 한다고. 알겠어, 엄마?"

"너희들은 그런 것 없이도 잘만 자랐어."

"엄마가 기억을 못 하는 거겠지. 우리 어릴 때도 있던 처방이야."

"알았어."

솔랑주가 한숨을 내쉬었다.

"네가 말한 대로 할게. 하지만 역시 쓸데없는 짓은 쓸데없는 짓이야."

뉘알라는 솔랑주가 어떻게 생각하든 상관없었다. 뉘알라가 말한 대로 해 주기만 한다면 만족이었다. 어쨌든 비타민 문제는 해결되었다. 그러나 다른 문제가 하나 더 남아 있었다.

이것 때문에 뉘알라 마음에는 불안의 불길이 솟아올랐다. 피에르와 솔랑주가 성탄절 선물로 멋진 유모차를 에스페랑스에게 선물했다. 요즘 날씨가 부쩍 추워졌기 때문에 아무리 따뜻하게 입히고 유모차의 틈새를 잘 메운다고 하더라도 에스페랑스를 데리고 외출할 수는 없다. 뉘알라로서는 상상할 수 없는 일

이었다. 하지만 솔랑주는 유모차에 에스페랑스를 태우고 밖에
나가고 싶어 했다. 손녀딸을 친구들에게 자랑하고 싶어서 몸이
달아 있었다. 게다가 호텔은 6주 동안 문을 닫는다. 손님도 없을
뿐더러, 모두 에스페랑스 옆에 있고 싶어 했기 때문이다.

"날이 풀릴 때까지 기다려야 해."

뉘알라는 거의 애원하고 있었다. 이 문제에서도 솔랑주가 항
복했다. 그래도 뉘알라는 안심이 되지 않았다. 해가 설핏 비추
기라도 한다면 엄마는 분명 에스페랑스를 데리고 나갈 궁리를
할 것이다. 환한 웃음을 지으며 자랑스럽게 유모차를 밀고 가는
엄마의 모습이 눈앞에 선했다. 뉘알라는 괴로워서 머리를 쥐어
뜯고 싶었다.

뉘알라는 성큼성큼 운동장을 가로질렀다. 마주 오는 학생들이
있었지만 눈길을 주지 않고 걸었다. 건물 현관 앞에서 같은 반
친구들을 만났다. 반 친구들은 반색을 하며 뉘알라를 맞이했다.
여학생들은 아예 뉘알라에게 달려들어 목에 매달렸다. 그리고
뉘알라의 달라진 몸매에 대한 감탄이 이어졌다.

"네가 그 굴러다니는 항아리였다고 도대체 믿을 수가 있어
야지!"

오펠리가 말했다.

"미안하다고 해. 굴러다니는 항아리는 너무 심했잖아!"

옆에 있던 폴린이 핀잔을 주었다.

"틀린 말 아닌데, 뭘. 나도 그랬어. 나도 내가 항아리 같다고 생각했어."

"에스페랑스는?"

다비드가 물었다. 남학생에게 그런 질문을 받자 뉘알라 얼굴이 붉어졌다. 하지만 다비드는 곰 인형 뒤에 내내 숨어 있기는 했어도, 반 친구들의 선물을 들고 병실까지 찾아 왔다. 다비드에게는 아기를 품에 안고 있는 뉘알라의 모습이 영 어색했을 것이다.

"에스페랑스는 잘 있어. 그리고 곰 인형도."

뉘알라가 대답했다. 다비드가 웃었다.

"정말 예쁜 이름이다. 에스페랑스! 독창적이야. 하지만 하루 종일 아기랑 떨어져 있는 게 힘들지는 않아?"

폴린이 물었다.

"엄마랑 언니가 돌볼 거야."

"아이를 할머니에게 맡기는 건 별로 좋지 않다고 우리 엄마가 그랬는데."

다비드가 전문가처럼 말했다.

"너희 엄마가 그걸 어떻게 알아?"

오펠리가 물었다.

"다비드 엄마는 유아방 책임자야."

세자르가 대신 대답했다.

"아 그래? 어디에 있는 유아방?"

"로주 가에 있어."

다비드가 대답했다.

뉘알라가 뭔가 물어보려고 하는 찰나, 시작종이 울렸다. 학생들은 가방을 들고 활기차게 교실로 달려 들어갔다. 뉘알라도 친구들의 뒤를 따랐다.

새 학기 첫날, 학교 분위기는 활력이 넘쳤지만, 뉘알라에게는 너무 길었다. 열시, 오후 한 시, 오후 여섯 시, 시간만 되면, 뉘알라의 눈에는 자고, 깨고, 젖을 먹는 에스페랑스의 모습만 떠올랐다.

인형처럼 예쁘게 꾸미려고만 하는 솔랑주가 과연 아기를 따뜻하고 편안하게 입혔을까? 비타민D를 젖병에 타서 먹였을까? 우는데 그냥 내버려 두지나 않았을까? 에스페랑스가 자는 동안

한 번이라도 더 들여다보았을까?

　모유화 분유를 먹이고 나서 에스페랑스는 훨씬 조용해졌다. 뉘알라는 보육사가 엄격하게 일러 준 대로 하려고 노력했다. 보육사는 긍정의 답이든 부정의 답이든 아이를 안아 주는 식으로 반응을 보여서는 안 된다고 했다. 하지만 당연히 엄마는 정반대로 할 것이다. 하루 종일 아기를 안고 살지도 모른다. 마지막 수업, 수학 시간에 에스페랑스 생각에 사로잡혀 뉘알라의 귀에는 아무 소리도 들리지 않았다. 해는 벌써 기울었다. 옆자리에 앉은 로잘리가 뉘알라를 팔꿈치로 찔렀다.

　"선생님이 너에게 질문하셨어."

　로잘리가 작은 소리로 알려 주었다.

　"죄송합니다. 질문을 못 들었습니다."

　뉘알라가 고개를 들며 큰 소리로 말했다.

　"아기가 보고 싶은 마음은 잘 알겠는데……."

　벡 선생님이 말했다.

　"조금만 더 참아 보련? 뉘알라, 절댓값에 대해 설명해 봐."

　뉘알라가 고개를 가로저었다. 어제저녁 잠들기 전에 열심히 공부했다. 벡 선생님이 무엇을 질문하든 모두 대답할 수 있을 만큼 열심히 준비했다. 뉘알라는 친구들과 큰 차이 없이 진도를 따라가고 싶었다. 수업 시간에 겉돌고 싶지 않았다. 그렇게 1학년 5반 학생 중 하나로 자리매김하고 싶었다. 하지만 그러기 위해서는 최소한 학교에 있는 동안만이라도 에스페랑스는 잊어야 한다.

호텔 현관을 들어서자 엄마의 목소리가 제일 먼저 들렸다. 고음의 혀 짧은 목소리가 위층에서 들려왔다. 계단 위쪽 문을 포함해서 문이란 문은 전부 활짝 열려 있었다. 유모차는 한쪽 구석에 얌전히 서 있었다.

"왔구나!"

뉘알라를 보자마자 계단 꼭대기에서 할아버지가 외쳤다.

"네 딸내미가 멋지게 한 방 먹이고 있어. 심술궂은 할망구처럼."

"왜 그래?"

뉘알라가 깜짝 놀라 물었다.

"무슨 일이야? 에스페랑스에게 무슨 일이 있어?"

"아니, 아무 일도 없어."

자코트가 휠체어를 비켜 주며 덧붙였다.

"호들갑 떨지 마. 철없는 애 엄마 같아."

뉘알라는 책가방을 바닥에 던져 놓고, 방으로 뛰어갔다. 솔랑주의 등이 보였다. 솔랑주는 요람 위로 몸을 숙이고 있었다. 잠든 에스페랑스를 눕히는 것이었다. 하지만 솔랑주가 등을 펴기가 무섭게 에스페랑스의 울음이 터졌다.

"난 완전히 녹초가 되었어."

솔랑주가 뉘알라를 바라보며 말했다.

"이렇게 어려울 줄은 생각도 못 했는데."

솔랑주는 에스페랑스를 품에 안았다. 뉘알라는 안중에도 없었다.

"가서 손 씻고 와! 중학교는 세균의 왕국이야."

솔랑주가 명령조로 말했다.

"고등학교야, 난 고등학생이라고. 그리고 아래층에서 손 씻고 올라왔어. 그러니 내 딸을 이리 내."

뉘알라는 거짓말을 했다.

솔랑주는 원망하는 표정으로 에스페랑스를 뉘알라에게 넘겼다.

"네 아빠가 시장에 가자고 나를 기다리고 있는데, 아래층에서 못 봤어?"

"못 봤어. 애는 내가 재울래. 엄마 자리 좀 비켜 줄래?"

"네 맘대로 하렴. 에스페랑스 엄마는 너니까. 그건 그렇고,

오늘 에스페랑스가 좀 불편했을 거야. 잠을 잘 못 잤어. 그렇다고, 한숨도 못 잤다는 것은 아니야. 내 생각에는 어미가 옆에 없어서 그랬던 것 같아."

솔랑주는 서둘러 방을 빠져나가다가 자코트의 휠체어에 부딪혔다. 자코트가 뉘알라를 향해 미소 짓고 있었다.

"너무 걱정하지 마."

눈시울이 붉어지는 뉘알라를 향해 자코트가 말했다.

"에스페랑스는 너무 어려서 아직 사람을 분간할 수 없어. 오늘 좀 울기는 했지만, 그렇다고 이전보다 더 심하게 울었던 것은 아니야."

뉘알라가 고개를 끄덕였다. 그리고 딸을 꼭 품어 안았다.

15

개학 후 3주가 흘렀다. 학교생활은 더할 나위 없이 잘 굴러왔다. 책상 위에 채점이 끝난 과제물이 놓여 있다. 만족스런 점수였다. 영어는 16/20점, 카뮈의 〈페스트〉를 주제로 한 논술은 15/20점이었다. 카뮈 때문에 정말 진탕 애를 먹었다. 발랑탱 선생님은 15점이 전체 최고 점수라고 칭찬해 주었다. 성적표를 주시면서 〈태풍〉의 의상은 어떻게 되고 있는지 물었다. 공연 의상도 차질 없이 잘 진행되고 있었다. 뉘알라와 로잘리는 중요한 의상의 윤곽은 다 잡아 놓은 상태였다. 그리고 나머지 의상도 조만간 완성될 것이다.

"정말 그 시대에 살고 있는 것 같아요."

뉘알라가 대답했다. 발랑탱 선생님은 만족스러워했다. 뉘알라는 샤르댕 선생님의 지도를 받아 작업실에서 보내는 시간이 꿈만 같았다. 샤르댕 선생님은 젊은 시절, 무대미술가로 활동하다가 나중에 교편을 잡았다.

"더 이상 현장에서 뛰어다닐 나이가 아니야."

선생님은 학생들에게 입버릇처럼 말하곤 했다. 뉘알라는 샤르댕 선생님을 존경했다. 무대를 보는 눈이 남달랐고, 게다가 의상에 관해서는 그보다 더 정확했다. 한번 훑어보기만 해도 문제가 무엇인지 금세 알아챘고, 그 자리에서 대안을 제시했다. 샤르댕 선생님을 쫓아다니면 짧은 시간에 많은 걸 배울 수 있었다. 의상과 무대미술을 맡은 학생들이 매일 열두 시에 작업실에 모였다. 뉘알라는 일에 몰두하다가 에스페랑스를 잊기도 했다.

클로슈 호텔은 솔랑주와 뉘알라의 전쟁이 그치지 않았다. 뉘알라가 자기 의견을 드러내기라도 하면, 솔랑주는 성을 냈다.

"나를 유모 취급하지 마!"

며칠 전부터 에스페랑스 문제로는 입을 열 수가 없었다. 그래 보았자 솔랑주를 화나게 할 뿐이었다. 주변을 감도는 팽팽한 긴장감 때문에 뉘알라는 입도 뻥긋할 수 없었다.

어제저녁에는 솔랑주의 불만이 터지고 말았다. 솔랑주는 뉘알라가 이기적이고 배은망덕하다고 몰아붙였다. 하지만 그 정도는 폭풍 전날 떨어진 빗방울 하나에 지나지 않았다. 그날 밤, 뉘알라는 에스페랑스가 잠들기를 기다려 다비드에게 전화를 걸었다.

"너희 어머니가 책임자로 있는 유아방의 전화번호가 필요해."

뉘알라는 돌려 말할 여유도 없었다. 다비드는 흔쾌히 어머니 연락처를 알려 주었다. 그리고 언제든지 필요할 때 연락하라고 했다. 다비드 어머니는 뉘알라의 상황을 잘 알고 있기 때문에, 도움을 요청하기만 하면 힘닿는 데까지 도울 거라고 했다.

전화를 끊자 마음이 한결 가벼워졌다. 지난 몇 주 동안 뉘알라는 에스페랑스의 보육 문제를 고민하고 있었다. 산부인과를 나서는 날부터 생각했던 일이다. 카를레 박사가 뉘알라에게 몇 가지 넌지시 일러 주었던 그 순간부터였다. 뉘알라가 편부모 지원금을 받을 수 있을 것이라며, 가족수당기금을 찾아가 보라고도 했다. 사실, 뉘알라로서는 그쪽은 생각도 안 했다.

고맙게도 엄마가 많은 시간을 들여 에스페랑스를 돌보고 있는 것이 첫 번째 이유였고, 두 번째는 지금이 편했기 때문이다. 클로슈 호텔에서 온 가족의 사랑을 받는 게 유아방보다 에스페랑스에게 더 안락하고 편안할 거라고 생각했다. 지금 와서 생각해 보면 너무 단순한 판단이었다. 솔랑주와의 사이에 이런 불화의 싹이 자랄 줄은 전혀 예상하지 못했던 것이다. 왜 솔랑주는 매번 싸움거리를 만드는 것일까? 왜 뉘알라가 자기 방식으로 에스페랑스를 돌볼 수 있다는 것을 인정하려 하지 않을까?

에스페랑스의 엄마는 뉘알라였다. 열 달 동안 아기를 배고, 출산의 아픔을 겪으며 에스페랑스를 세상에 내놓은 것은 솔랑주가 아니라 뉘알라였다. 모성 본능이란 모든 엄마에게 고유한 것이고, 뉘알라의 모성애는 지금 발달 중이다. 그런데 솔랑주는 뉘알라가 엄마가 되는 것을 끊임없이 방해하고 있었다. 적지 않은 이 문제를 해결하기 위해서 에스페랑스를 집 밖으로 내보내는 수밖에 없다는 느낌이 들었다. 육아 전문 잡지에 글을 쓰는 심리학자들의 의견도 뉘알라와 같았다. 솔랑주는 분명히 상처를 받을 것이다. 그리고 뉘알라를 원망할 것이다. 하지만 시간이 흐르고 나면 둘의 관계는 훨씬 좋아질 것이다. 하지만 역시 분명한 점은 집안의 풍파를 피할 수 없다는 사실이다.

뉘알라는 그날 저녁 다비드 어머니, 카레 부인에게 전화를 걸었다.

"가능한한 빨리 저를 만나 주실 수 없을까요? 1개월 된 딸이 있어요. 그런데 지금 제 상황이 무척 곤란하게 돌아가고 있거든요.”

열에 들뜬 목소리로 뉘알라가 물었다. 카레 부인은 다음 날 열두 시에 찾아오라고 했다. 뉘알라는 점심도 걸러야 했고, 작업실에도 갈 수 없었다. 하지만 그런 것은 중요하지 않았다. 로잘리를 통해 미술 선생님에게 죄송하다고 말하면 될 것이고, 다른 선생님께는 다비드가 뉘알라 대신 알리면 될 것이다.

이튿날 오전 시간이 뉘알라에겐 한없이 길게 느껴졌다. 다비드는 뉘알라의 보호자가 된 양 믿음직스럽고 따뜻한 태도를 보였다. 도움을 청하면 할아버지가 언제나 그랬던 것처럼.

“한번 가서 봐! 절대 실망하지 않을 거야. 로주 유아방은 이 지역 최고라고.”

뉘알라는 다비드의 말을 믿었다. 카레 부인이 까다롭지 않게 에스페랑스를 맡아 주었으면 싶었다. 그리고 너무 개인적인 물음은 피해 주었으면 하는 바람도 있었다. 남들 앞에서 엄마를 비난하고 싶은 마음은 조금도 없었다. 하루 종일 몇 번의 구술 시험이 있었다. 열 시 쉬는 시간에는 오펠리에게 혼자 있고 싶다고 했다.

“무슨 스트레스를 그렇게 많이 받아서 그래?”

"미안해. 솔직히 네 말이 맞아, 스트레스가 심해. 하지만 곧
나아질 거야."

"무슨 일이야?"

"나중에 얘기해 줄게."

지금은 주변의 누구에게도 고민을 털어놓고 싶지 않았다. 유
아방 문제가 완전히 해결된 것도 아니기 때문에 신중하게 행동
해야 한다고 생각했다. 그리고 뉘알라는 엄마 앞에서 배은망덕
하고 양심 없는 딸이 되고 싶지 않았다. 엄마는 그녀를 위해 온
갖 고생을 다 하고 있었다. 게다가 오펠리는 반 친구들에게 뉘
알라 부모님은 진짜 끝내주게 좋은 분들이라고 침이 마르도록
칭찬을 하고 다녔다. 뉘알라의 고민을 듣고 제일 먼저 뉘알라를
탓할 사람이 오펠리였다. 어떤 문제의 진정한 의미를 이해할 수
있으려면, 그 문제를 경험해야 한다. 오펠리는 아기 엄마도 아
니고, 지금 뉘알라가 겪고 있는 상황을 당해 보지도 않았다. 그
러므로 오펠리는 이 문제에 대한 적절한 조언자가 아니었다. 딸
의 행복을 책임지고 결정할 수 있는 것은 뉘알라 자신뿐이다.
쉬운 일이 아니다.

열두 시, 뉘알라는 교실을 빠져나와 서둘러 교문을 나섰다.
그리고 시내 쪽으로 방향을 잡았다. 로주 거리는 몽토르 동쪽

언덕 위에 있었다. 버스를 타야 했다. 클로슈 호텔을 기준으로 하면 끔찍하게 멀었다. 버스를 타고 가는 동안 뉘알라의 머릿속에 다른 문제가 떠올랐다.

어떻게 해야 에스페랑스를 로주 유아방에 맡기고 시간 맞춰 학교에 갈 수 있을까? 아마 새벽 일찍 일어나야 할 것이다. 지금도 새벽 다섯 시에 에스페랑스에게 젖병을 물리고 일곱 시까지 조용히 기다리고 있다가, 엄마가 깨어나서 에스페랑스를 보고 있으면 그동안에 숨죽여 허둥지둥 이리저리 종종거리며 학교 갈 준비를 한다.

혹 카레 부인이 에스페랑스를 받아 준다고 해도, 마음에 상처를 크게 입은 엄마는 딸에 대한 보복으로 매일 아침 에스페랑스를 유아방에 데려다 주는 일은 마다할 것이다. 마음이 혼란스러워서, 하마터면 정류장을 지나칠 뻔했다.

밝은 노란색이 주조를 이룬 예쁜 사무실에서 카레 부인이 뉘알라를 기다리고 있었다. 벽에는 여러 인종의 아기 사진이 걸려 있었다.

"다비드에게 얘기를 들어서 뉘알라 상황을 알고 있어요."

카레 부인이 먼저 입을 열었다.

"원한다면 언제든지 에스페랑스를 데려오세요. 긴급한 상황에 대비해서 몇 자리를 비워 두었거든요."

이렇게 간단하다니! 하지만 대기자 명단에 있는 젊은 엄마들이 항의하지는 않을까? 대기 순서를 기다리다가 자리가 없다면? 순간 뉘알라의 머릿속이 복잡해졌다.

"제 경우가 긴급한 상황은 아닌 것 같은데요……."

뉘알라가 작은 목소리로 말했다.

"지금 누가 아기를 돌보나요?"

"엄마요…… 그런데……."

"어머님이 클로슈 호텔을 운영하시죠?"

"네. 하지만 지금은 비수기라서 호텔 문을 닫았어요."

뉘알라가 대답했다.

"작년에 클로슈 호텔에서 저녁 식사를 했어요."

카레 부인이 환한 얼굴로 말을 이었다.

"얼마나 멋지던지! 아마도 아버님이 요리를 하시겠죠?"

"네."

"호텔을 관리하는 것만으로도 뉘알라 부모님은 굉장히 바쁘시겠어요. 그럼에도 할머니에게서 에스페랑스를 빼앗는 것 같아 고통스러웠을 거예요. 그 맘 잘 알아요. 며칠 동안, 뉘알라 입장에서 생각하고 결정한 거예요. 로주 유아방이 에스페랑스를 맡겠어요. 환영이에요."

"정말 감사합니다."

뉘알라가 말했다. 하지만 뉘알라는 자신이 지금 무슨 짓을 하고 있는지 감이 잡히지 않았다. 다급하게 카레 부인을 만나 여러 가지 문제가 해결되는 것 같았다. 하지만 해결을 눈앞에 두고 뉘알라는 다시 한 번 망설이게 되었다. 뉘알라는 카레 부인에게 진심으로 고마움을 표시하고 유아방 건물을 나섰다. 1월의 찬바람이 매섭게 불고 있었다. 뜨거운 눈물이 뉘알라의 볼을 타고 흘러내렸다. 모든 결정이 뉘알라의 손안에 있었다.

바쁘게 터져 나오는 문제들은 열다섯 살 소녀의 삶에 흔치 않은 것들인데도, 매번 혼자서 감당해야 한다. 고등학교 1학년 소녀에게는 너무 벅찬 일이었다. 학교로 돌아가는 길 내내 에스페랑스를 유아방에 맡길 것인가, 집에 둘 것인가를 저울질하고 있었다. 솔직히 에스페랑스를 유아방에 맡길 만한 돈도 없었다. 카레 부인은 가족수당기금을 신청하는 방법과 절차를 친절하게 설명해 주었다. 당연히 그런 방법이 있을 것이다.

하지만 솔랑주가 뉘알라의 결정에 선선히 찬성할까? 호텔을 운영하며 에스페랑스를 돌보지 않아도 된다는 것으로 안도의 한숨을 내쉴 것 같은가? 전혀 그렇지 않을 것이다. 하지만 카레

부인의 말대로 호텔을 경영하는 데만도 여간 힘이 드는 게 아니
다. 성수기가 끝날 무렵이면 부모님이 완전히 녹초가 되는 것도
뉘알라는 잘 알고 있었다. 그래서 두 분은 매년 일이 한가해지
는 틈을 타 10여 일간 휴가를 떠났다. 하지만 올해, 휴가는 없
었다.

'나 때문이야. 그리고 에스페랑스 때문이야.'

오후 한 시 오십 분, 뉘알라는 버스에서 내렸다. 서두르면 종
이 울리기 전에 교실에 도착할 수 있을 것 같았다.

1학년 건물 앞에 반 친구들이 모여 있었다. 모두 세자르에게 정
신이 팔려서 뉘알라가 돌아온 것을 눈치채지 못했다. 세자르는
또 무슨 못된 장난을 준비하고 있는 게 분명했다. 어떤 장난인
지는 알 수 없었다. 세자르는 마지막 순간까지 천연덕스럽게 앉
아 있을 것이다. 프로 선생님의 역사지리 시간이었다. 모두 교
실로 들어가서 자리에 앉았다.

프로 선생님은 출석을 부르고 조용히 수업을 시작했다. 잠시
후 선생님은 학생들에게서 등을 돌리고 칠판에 유럽 지도를 그
렸다. 그리고 여기저기, 필요한 설명을 적어 넣었다. 선생님이
등을 돌리자 아이들이 책상에 엎드려 잠을 청했다. 하지만 세자

르는 예외였다. 어떻게 구했는지는 모르지만 세자르는 점심시간에 미친듯이 돌아다니며 스티로폼 알갱이를 모아 왔다. 그러고서 책과 공책을 이리저리 배치해서 스티로폼을 감추고 있었다.

프로 선생님은 칠판으로 등을 돌리고 나면 절대 다시 돌아서는 일이 없었다. 세자르는 앞에 앉은 친구들에게 낮은 목소리로 살짝 떨어져 앉으라고 했다. 두 친구의 어깨 사이로 세자르가 얼굴을 내밀었다. 뉘알라는 세자르가 뭔가 시작하려 한다는 것을 눈치챘다. 세자르는 빈 볼펜대를 입에 물고, 다른 쪽 끝에 스티로폼 알갱이를 밀어 넣었다. 곧이어 가볍게 훅, 하고 숨을 불어 넣자, 하얀 스티로폼 알갱이가 우아하게 날아가서 프로 선생님의 숱 많은 검은 머리에 달라붙었다. 몇몇 학생이 입가에 짓궂은 웃음을 지으며 자리에서 일어났다. 곧이어 다시 스티로폼 탄환이 날아가서 프로 선생님의 정수리에 착륙했다. 그리고 또 하나가, 다시 하나가…… 그렇게 계속되었다.

다들 졸음이 싹 달아났다. 교실이 술렁거렸다. 감탄과 숨죽인 웃음으로 교실이 수런거렸다.

"이 지도를 공책에 베껴 그리도록 하시오."

프로 선생님은 진지한 표정으로 학생들을 돌아보았다. 왼쪽

눈썹 바로 위까지 내려온 머리카락에 스티로폼 조각이 붙어 있었다. 교실 뒤쪽에 앉아 있던 오펠리가 웃음을 참지 못해 기이한 신음 소리를 내뱉었다. 뒤따라 폭풍 같은 웃음소리가 교실을 휩쓸었다.

"무슨 일로 그렇게 즐거워하는지 나도 좀 알았으면 좋겠군, 오펠리 양."

프로 선생님은 동요 없이 차분하게 오펠리에게 물었다. 오펠리가 고개를 가로저었다.

"제발…… 선생님……."

오펠리의 목소리는 웃음이 섞여 기괴하게 굴곡져 있었다.

"제발…… 선생님…… 안 돼요. 제게 묻지 마세요. 저는 대답 못 하겠어요."

"좋아, 그렇다면…… 어! 아니, 이게 뭐야?"

프로 선생님이 한 손으로 머리를 쓸었다. 스티로폼 알갱이 여남은 개가 바닥으로 떨어졌다.

"아! 이제 알겠어."

프로 선생님은 스티로폼 알갱이를 찬찬히 살펴보더니 갑자기 고개를 들어 천장을 살폈다.

"천장이 새는 거야, 뭐야?"

교실은 웃음바다가 되었다.

"좋아. 이제 정말로 알겠군."

그래도 프로 선생님은 냉정을 잃지 않았다.

"이 사태의 주인공 되시는 분은 그 장난감을 당장 치우도록 하시오. 그대의 발명품은 충분한 성공을 거둔 것 같소. 이제 모두 연필을 드시오! 경고하겠는데, 15분 후에, 이 지도가 제군들의 공책에 그려 있지 않다면, 이번 주 토요일, 황금 같은 오후에 모두 보충수업을 받을 줄 아시오!"

프로 선생님은 막 경주를 끝낸 말처럼 고개를 세차게 흔들고 칠판으로 돌아서서 지도를 채워 나갔다.

방과 후 집에 돌아오는 길에 뉘알라는 여전히 웃고 있었다. 호텔의 현관을 넘어설 때에야 카레 부인의 얼굴이 떠올랐다. 솔랑주는 안채 부엌에서 야채를 다듬고 있었다. 집 안은 무거운 침묵에 잠겨 있었다. 거실도 조용했다. 평소 같으면 텔레비전의 음량을 최대로 해 놓고 할아버지가 거실에 앉아 있을 텐데. 뉘알라가 들어서자 솔랑주는 기계적으로 뉘알라를 한 번 쳐다보고는 다시 눈을 내리깔았다.

"하루 잘 보냈니?"

솔랑주가 먼저 입을 열었다.

"오늘 하루는 정말 피곤하구나, 그래서 네 투정을 받아 줄 기력이 없단다."

"투정 부리려는 게 아니야."

뉘알라의 낮은 목소리는 약간 쉰 듯했다.

"엄마랑 할 얘기가 있어."

"무슨 얘기가 되었건, 오늘 저녁은 듣고 싶지 않아. 난 지금 몸이 녹을 지경이야."

솔랑주가 무뚝뚝하게 대답했다.

"아니야, 꼭 오늘 얘기해야 해. 에스페랑스 문제야."

"그럴 줄 알았다. 또 한 번 싸우기는 싫다. 다시 한 번 부탁하는데……."

"아니야, 싸우려는 게 아니야."

뉘알라가 말했다.

"우리 둘 관계를 예전처럼 돌려놓을 수 있는 방법을 찾았어."

"어떻게?"

솔랑주가 칼을 내려놓으며 물었다.

"그러니까…… 에스페랑스를 로주 유아방에 맡기려고 해. 우리 반 친구 다비드의 어머니가 거기 책임자야. 오늘 그분을 만났어.”

“뭐라고? 무슨 소리 하는 거니? 누구를 만났다고?”

“카레 부인, 다비드 어머니고 유아방 책임자야.”

“농담이겠지?”

“농담 아니야, 엄마.”

“이럴 수는 없어!”

솔랑주가 외치며 행주에 손을 닦고, 의자 위에 쓰러졌다. 두 손에 얼굴을 묻고 울고 있었다.

16

모녀는 한참 동안 아무 말도 할 수 없었다. 한쪽은 슬픔 때문에, 다른 한쪽은 걱정 때문에 마음이 무너져 내렸다. 마치 흐르는 눈물을 막으려는 것처럼 술랑주의 두 손이 얼굴을 꼭 감싸고 있었다. 뉘알라는 어떻게 해야 할지 알 수 없어서 그저 술랑주를 바라보고 있을 뿐이었다. 얼마나 시간이 흘렀을까. 아래쪽에서 문이 열리는 소리가 들렸다. 할아버지와 자코트의 목소리가 계단을 타고 올라왔다. 부엌 문간에 할아버지가 먼저 모습을 드러냈다. 그 뒤로 자코트의 휠체어가 보였다. 자코트는 근처의 대학교에서 비교문학 강좌를 듣고 있었다. 지금 강의가 끝나고 돌아온 것이다.

할아버지는 입가에 기분 좋은 웃음을 걸고 부엌으로 들어왔다. 두 사람은 무슨 영문인지 알 도리가 없었다. 할아버지는 뉘알라의 얼굴을 찬찬히 살피고는 솔랑주를 바라보았다. 할아버지는 어색하게 헛기침을 하고는 누가 죽었느냐고 물었다. 솔랑주가 고개를 들었다. 절망 때문에 솔랑주의 얼굴은 붉게 부어올랐다.

"뉘알라가 제게서 에스페랑스를 빼앗아 가려고 해요!"

솔랑주는 자리에서 일어나 벽에 걸려 있는 종이 수건을 뜯었다. 뉘알라의 시선을 피하고 있었다.

"대체 이게 또 무슨 일이야?"

진력난 목소리였다. 할아버지는 성난 눈으로 뉘알라를 노려보았다.

"엄마한테서 뭘 빼앗으려는 게 아니야!"

뉘알라가 말했다. 당당하게 할아버지와 자코트를 번갈아 쳐다보았다. 자코트는 또 뉘알라가 집안에 불화의 불씨를 뿌렸다고 생각하는 것 같았다. 뉘알라는 단호한 목소리로 자기가 어떤 결정을 내렸는지, 어떤 이유에서 그랬는지 그리고 왜 이렇게 갑작스럽게 결정할 수밖에 없었는지 차분하게 설명해 나갔다.

"어쨌든, 미리 말해 두지만, 그런 바보 같은 일에 나는 한 푼도 내줄 수 없어."

솔랑주가 언성을 높였다. 할아버지의 한숨이 깊어만 갔다.

"너희 둘 다 내 말 좀 들어 봐라."

할아버지는 의자를 가져와서 식탁 앞에 앉았다. 검버섯이 핀 주름진 손이 가늘게 떨렸다. 많이 피곤해 보였다. 순간 뉘알라는 이런 분란을 일으킬 필요가 있었을까, 하고 생각했다.

"어떤 면에서는 뉘알라가 아주 틀리지는 않은 것 같구나."

할아버지가 말했다.

"너무 노여워 말아라, 솔랑주. 몇 마디 더 해도 될까? 아기가 예쁘고 사랑스러운 것은 말할 필요도 없지. 하지만 우리 진을 빼 놓는 것도 사실이야. 유아방에 보내겠다는 생각은 그리 나쁜 것 같지 않구나. 어쨌든, 이렇게 흘러간다면 누구도 오래 버틸 수 없어, 솔랑주. 곧 호텔을 다시 열어야 할 테고, 또 바쁜 시절이 올 거야. 그게 무슨 뜻인지 알지? 내가 시시콜콜 이야기할 필요도 없을 게다. 그리고 뉘알라 계획에 돈을 대고 싶지 않다는 네 마음도 충분히 이해한다. 나에게는 국채가 좀 있다. 저 녀석들이 출가해서 한 가정을 이루면 유산으로 줄 생각이었지. 뉘알라가 생각지도 못하게 광속으로 달려 버렸으니, 어쩌겠니? 뉘알라 몫을 지금 물려주도록 하겠다."

솔랑주가 팔을 쳐들고 외쳤다.

“하지만 아버님, 그건······.”

계단 아래에서 문 열리는 소리가 들렸다.

“아빠가 오셨네!”

자코트는 부엌 문간에서 비켜섰다. 식료품이 가득한 커다란 상자를 들고 피에르가 부엌으로 들어왔다.

“무슨 일이 있는 거야? 인상들이 다 왜 그래?”

“뉘알라, 에스페랑스가 잠에서 깬 것 같아.”

자코트가 조용히 말했다.

“내가 가 볼게.”

뉘알라는 부엌을 가로질러 쏜살같이 복도로 튀어 나갔다. 뉘알라의 방은 문이 활짝 열려 있었고, 에스페랑스의 요람이 비어 있었다. 분노가 머리끝까지 차올라 다시 복도로 뛰어나오다, 자코트의 휠체어에 심하게 부딪혔다.

“거기에서 뭐하는 거야? 내 딸 어디 있어?”

뉘알라가 사납게 외쳤다.

“엄마가 자기 방에 뉘어 놓았어.”

“누구 방!”

뉘알라가 소리쳤다.

“아기 방, 에스페랑스는 자기 방에 있어. 너 우리말 못 알아

듣니?"

뉘알라는 어깨를 으쓱해 보이고 매몰차게 등을 돌렸다.

에스페랑스는 예쁜 얼굴에 잔뜩 주름을 잡고 눈물을 뚝뚝 흘리고 있었다. 뉘알라가 이불을 제치고 아기를 안아 올렸다.

"그래, 엄마 여기 있어. 우리 아가. 울지 마, 내 아가야……울지 마."

뉘알라는 에스페랑스를 가슴에 꼭 끌어안았다. 경직되었던 에스페랑스의 작은 몸이 풀어지는 것을 느낄 수 있었다. 곧 에스페랑스가 울음을 그쳤다. 뉘알라는 창가로 다가갔다. 가만히 서서 어둠이 깔린 거리를 멍하니 보았다. 오늘 저녁, 뉘알라를 기다리고 있는 일들이 머리에 떠올랐다. 젖병을 물리고, 목욕시키고, 재우고, 그다음 숙제를 해야 한다. 논술 한 편을 마무리해야 하고, 역사 구술시험을 준비하고, 수학 숙제까지! 한밤중에 에스페랑스가 깨어나 울면, 결정적인 한방이 될 것이다. 뉘알라는 지쳤다. 너무 힘들었다. 뉘알라는 갑자기 등 뒤에서 인기척을 느끼고 뒤로 돌아섰다. 컴컴한 복도에서 자코트가 뉘알라를 보고 있었다.

"언제부터 거기서 훔쳐보고 있었던 거야?"

뉘알라가 사나운 목소리로 외쳤다. 다시 에스페랑스의 울음이 터졌다. 뉘알라가 문가로 다가갔다.

"꺼져!"

언니에게 소리를 질렀다. 그리고 고개를 빳빳이 들고 거칠게 자코트 앞을 지나 성난 걸음으로 부엌으로 갔다. 솔랑주와 피에르는 찬장을 정리하고 있었다. 할아버지는 채소에 물을 주고 있었다. 뉘알라는 에스페랑스를 안은 채 냉장고에서 젖병을 꺼냈다.

"도와줄까?"

할아버지가 물었다.

"고맙지만 됐어. 혼자 할 수 있어."

"뉘알라는 누구의 도움도 필요 없대요."

솔랑주가 중얼거렸다. 에스페랑스가 다시 칭얼대는 바람에 뉘알라는 제대로 대답할 수가 없었다. 하지만 뉘알라는 이글거리는 눈으로 솔랑주를 쏘아보았다. 자코트가 부엌 문간에 나타났다. 표정이 완전히 변해 있었다. 자코트의 목소리에는 지금까지 참았던 모든 것이 담겨 있었다.

"두 사람 다시 시작해 보시지, 왜? 도대체 이 집에서는 숨을 쉴 수가 없어! 두 사람이 싸우는 것 말고 뭐가 있어? 하루는 엄마가, 하루는 뉘알라가! 아주 진력이 나! 11월 중간고사에서 내가 몇 점을 받았는지 알아? 내 입으로 다시 말해야겠어? 저 조그만 녀석이 태어나고 나서부터 모두 제정신이 아닌 것 같아. 그 망할 놈의 중간고사를 두 번이나 망쳤다고. 알아? 집안 꼴이 계속 이 지경이라면, 나는 이 집안일에 신경 끊겠어. 나도 참을 만큼 참았어."

자코트가 거칠게 휠체어를 돌렸다. 바퀴 축에서 날카로운 소리가 났다. 뉘알라 무릎에서 젖병을 빼고 있던 에스페랑스가 몸을 부르르 떨었다. 피에르가 찬장 문을 닫고 의자를 가져와서 탁자 앞에 앉았다.

"아버지!"

할아버지는 물뿌리개를 무릎에 올려놓고 북처럼 두드리고 있었다.

"아버지! 좀 도와주실래요? 이 호텔하고, 저기 성미 고약한 두 가시내하고, 저 가시내 딸까지, 한 여남은 날 동안만 맡아 줘요. 솔랑주와 휴가를 좀 가야겠어요."

"문제없다. 귀염둥이 내 아들아."

할아버지가 냉큼 대답했다. 뉘알라는 젖병을 들어 창틀에 얹어 놓았다. 고개를 돌려 부모님을 바라보았다. 뉘알라는 무슨 말을 기다리고 있었다. 솔랑주는 이제 진정이 된 것 같았다. 눈을 똑바로 들고 있었지만, 분노나 절망감은 없었다.

"휴가라…… 좋아. 작년처럼 햇볕을 좀 쬐야겠어. 정말 지금 필요한 것은 휴가야. 피에르, 당신도."

이틀 뒤 피에르와 솔랑주는 휴가를 떠났다. 할아버지가 뉘알라와 에스페랑스를 로주 유아방까지 데려다 주었다. 그날 아침 뉘알라는 에스페랑스 짐 챙기랴, 자기 책가방 챙기랴 정신없이 뛰어다녔다. 서둘러 나오다가 잊은 물건이 생각나 다시 돌아가기를 두 번이나 했다. 처음에는 갈아입힐 옷을 챙기지 않았고, 두 번째는 건강 수첩을 두고 나왔기 때문이다. 할아버지는 뉘알라가 일을 복잡하게 만드는 데 타고난 재주가 있다고 핀잔을 주었다.

"할아버지는 에스페랑스를 유아방에 보내는 데에 찬성했잖아. 그리고 할아버지가 로주 유아방까지 데려다 주겠다고 했잖아. 그런데 왜 갑자기 생각이 바뀐 거야?"

"생각이 바뀐 게 아니야."

할아버지가 대답했다.

"에스페랑스를 언니에게 좀 챙겨 달라고 부탁하면 아침에 그렇게 부산하게 뛰어다닐 필요가 없잖아. 나는 택시 기사 노릇하기 전에 따뜻한 커피 두 잔을 마실 수 있고. 다시 말하지만 '따뜻한' 커피 두 잔이라고 했어."

사실 뉘알라도 언니 자코트의 도움을 간절히 바라고 있었다. 자코트가 도와준다면 얼마나 수월할까. 하지만 그날 이후, 둘 사이에 싸늘한 바람이 불었다. 다시 할아버지가 중재에 나섰다. 언제나 그랬다. 분위기가 이상하게 흐르면 언제나 할아버지가 나서서 정리해 주었다.

자코트는 승낙했다. 뉘알라가 학교 갈 준비를 하는 동안 에스페랑스에게 젖병을 물리고 옷을 입히기로 했다. 하지만 더 이상은 요구해선 안 된다고 했다. 자기 역시 해야 할 일이 산더미이고, 졸업반을 두 번 다니고 싶지는 않다고 했다.

겉으로는 클로슈 호텔에 평화가 찾아온 것처럼 보였다. 하지만 아직도 솔랑주가 서운한 마음을 서려 담고 있다는 걸 뉘알라는 알고 있었다. 이전에는 둘이 그렇게 부딪친 적이 단 한 번도 없었다. 지금은 곪은 종기가 터진 것이다. 관계가 나아질 기회를 기다려야 한다. 하지만 말처럼 쉽지 않을 게 분명했다.

17

부모님이 돌아왔다. 검게 그을린 얼굴에는 이전보다 더 생기가 넘쳤다. 곧 호텔 문을 다시 열 것이다. 뉘알라는 솔랑주의 그림 엽서를 기다렸지만 받지 못했다. 솔랑주는 지금 에스페랑스의 요람 위로 몸을 굽히고 손녀를 들여다보고 있다. 솔랑주는 더없이 기쁜 표정으로 에스페랑스를 요람에서 안아 올렸다.

"어마나, 이 녀석 몰라보겠네! 그새 벌써 이렇게 자랐구나!"

솔랑주가 에스페랑스에게 속삭였다. 피에르는 못마땅한 표정으로 솔랑주 옆에 서 있었다. 피에르가 뉘알라를 향해 말했다.

"네 딸은 정말 갈수록 예뻐지는구나!"

뉘알라는 말없이 웃었다. 그러고 에스페랑스를 품에 안고 있는 엄마를 바라보았다.

"정말이야. 네 아빠 말이 맞아, 에스페랑스는 정말 예쁘게 생겼어!"

솔랑주가 덧붙였다. 뇌알라는 불화의 끝이 왔음을 느꼈다.

"그렇지, 에스페랑스는 잘 지냈어. 새로운 환경에도 잘 적응하고 있어."

뇌알라가 목멘 목소리로 말했다. '유아방'이란 낱말은 입 밖에 꺼낼 수 없었다. 하지만 아가방 이야기라는 것을 모두가 알고 있었다. 솔랑주가 부드러운 미소로 뇌알라를 위로하고 있었다. 아마도 멀지 않은 날에 또다시 사소한 다툼이 생겨서 유아방 문제가 불거질 수도 있겠지만, 지금은 어렵게 찾아온 평화를 누리는 것이 중요하다.

2월 방학이 시작되었다. 뇌알라의 성적표를 보고 모두 뇌알라가 왜 그렇게 억척스럽게 학업에 집착했는지 알게 되었다. 학년 초에 못마땅해하던 수학 선생님과 물리 선생님까지 이제는 뇌알라에게 과학자가 되어 보는 것이 어떻겠느냐, 자연과학 계열로 진학하면 좋겠다며 유혹하고 있었다.

"하지만 아빠!"

뇌알라의 성적표를 보고 들떠 있는 피에르를 보고 뇌알라가 말했다.

"보석 세공사가 되겠다는 내 꿈은 변함이 없어. 솔직히, 수학이나 물리는 나에겐 아무 쓸모가 없다고."

피에르는 오리 가슴살을 저미다가 칼을 내려놓고 뉘알라를 바라보았다.

"인생이란 자기 맘대로 안 되는 거야. 살다 보면 생각이 바뀔 수도 있잖아, 안 그래?"

"아빠, 그건 내가 더 잘 알지."

뉘알라가 잊으려고 애써도 에스페랑스가 있는 한, 한 남자애의 모습이 머릿속에서 떠날 수 없었다. 하지만 다행히도, 처음에는 점점 힘들어지기만 하던 일들이 이제는 대충 견딜 만해졌다.

에스페랑스는 진디 반이었다. 두 달이 된 아기는 진디 반에 들어간다. 할아버지는 매일 아침 뉘알라와 에스페랑스를 로주 유아방에 데려다 주고, 오후에 둘을 데리러 왔다.

호텔을 다시 열자 솔랑주는 정신없이 바빠졌다. 하지만 에스페랑스가 돌아오면, 호텔의 지휘권을 안토넬라에게 넘겨주고, 에스페랑스를 돌보았다. 그동안 뉘알라는 숙제를 했다.

학교에서는 카퓌신과 세자르 사이에 묘한 분위기가 흘렀는데,

두 사람의 첫사랑이 피어나는 것 같았다. 둘의 사소한 행동에서도 반 친구들은 대부분 눈치를 채고 있었다. 뉘알라 역시 눈치가 없는 것은 아니었다. 카퓌신은 말 그대로 활짝 피어나고 있었고, 세자르 역시 평소처럼 정신없이 까불면서도 첫사랑의 행복을 감추지는 못했다. 카퓌신은 뉘알라에게 속내를 털어놓았다. 뉘알라 역시 카퓌신의 첫사랑의 상담자가 되어 흐뭇했다.

한 남자의 사랑을 받는 느낌이 어떤 것일까? 뉘알라는 경험해 보지 못한 일이었다. 뉘알라는 같은 반 남자애들에게 흥미가 없었다. 사실 어떤 남자애에게도 관심이 없었다. 게다가 어떤 남학생이 뉘알라에게 관심을 가질 수 있겠는가. 뉘알라는 이미 그런 단계를 모두 뛰어넘은 것이다. 또래 친구들보다 한참이나 멀리 나가 있었다. 뉘알라의 등 뒤에서 남자애들은 경험 많은 애라고 속닥댈 것이다.

어느 날 저녁 뉘알라는 학교에서 돌아와서 에스페랑스를 솔랑주에게 맡기고 자코트 방으로 갔다. 뉘알라는 오랫동안 언니, 자코트의 방문을 두드리지 못했다. 자코트는 책상에서 공부하고 있었다. 아프리카 음악이 잔잔히 흐르고 있고, 책상등 불빛이 비쳐 방 안이 포근하게 느껴졌다.

"내가 방해한 거야?"

"아니야, 전혀!"

자코트는 만년필을 내려놓고 동생을 바라보았다.

"문지방 밟지 말고 들어와!"

뉘알라가 문을 닫고 들어가 침대 가에 걸터앉았다.

"학교생활은 어때? 새로운 소식 있으면 말 좀 해 봐!"

자코트가 책을 덮고 뉘알라 쪽으로 휠체어를 돌려 세웠다. 자코트는 누가 고민을 가지고 찾아오건 진심으로 얘기를 들어주었다. 자기 걱정은 잊고 남의 일을 자기 일처럼 고민할 줄 알았다. 어디에서 그런 태도를 배웠을까?

"별일 없어!"

뉘알라가 대답했다. 정말로 할 만한 얘기가 없었다. 미래, 친구 관계, 꿈, 희망, 후회 따위를 자코트에게 털어놓는 것은 언제나 어려운 일이었다. 언니의 세계는 뉘알라와 비교할 수 없이 제한되어 있었다. 자코트의 소망은 당장 시험을 통과하고 대학 졸업장을 받아서 만족스런 조건에서 일하는 것, 그래서 부모님께 평생의 짐을 덜어 주는 것이었다. 제 입으로 말한 적은 한 번도 없지만, 자코트의 최대 관심사가 그것이라는 것을 뉘알라는 알고 있었다.

자코트에게 사랑을 고백할 남자가 생길까? 알방이 그랬던 것처럼? 고등학교 1학년 때 같은 반 친구였던 두 사람은 사랑에 빠졌다. 그리고 알방은 죽었다. 뉘알라가 눈을 들어 자코트를 보았다. 차분한 표정이었다. 눈동자는 투명하게 빛나고 눈가에 가벼운 화장이 반짝이고 있었다. 자코트의 입술에는 언제나 가벼운 웃음이 머물러 있었다. 입술 사이로 설핏 보이는 고른 이가 진주처럼 예뻤다. 자코트는 사랑을 알고 있었다. 사고로 잃어버리기는 했지만. 뉘알라는 전혀 알지 못하는 것이다. 뉘알라는 사랑 얘기는 그만두기로 했다.

"자, 그래서! 무슨 일로 내 방까지 온 거야?"

자코트가 참지 못하고 물었다.

"그냥, 얘기 좀 하려고. 언니는 어떻게 지내나 해서."

"과제물에 깔려 죽을 지경이지! 하지만 난 이런 게 좋아."

자코트가 대답했다. 책상 위에서 휴대전화가 부르르 떨었다. 자코트의 손이 날래게 휴대전화를 집어 들었다.

"미안!"

자코트가 뉘알라를 향해 속삭였다.

"여보세요."

뉘알라는 자리에서 일어나서 방 안을 거닐다가 창가로 다가

갔다. 이제 해가 제법 길어졌다. 조만간 날이 풀릴 것이다. 5월이 지나 6월이 되면 에스코 해변에서 〈태풍〉의 막이 오를 것이다. 그때 에스페랑스는 몇 살일까? 뉘알라의 머릿속에서 계산기가 돌아가고 있었다. ‘5개월, 6개월…….’ 6개월 쯤 된 아기는 무엇을 할 수 있을까? 혼자서 일어나 앉을 수 있을까? 지금 타고 다니는 커다란 유모차를 놓고 좀 더 가벼운 유모차에 태워야 하겠지. 공연장 가득 들어찬 사람들이 환호하며 박수 치는 모습을 그려 보았다. 그때 에스페랑스를 데려갈까? 지금도 학교에서 다들 에스페랑스를 보여 달라고 하는 통에 성가셨다. 선생님들도 예외가 아니었다. 그럴 때마다 뉘알라는 지금은 날씨가 너무 춥기 때문에 어렵지만 이제 조금만 기다리면 날이 풀릴 테니, 그때 에스페랑스를 학교에 데려오겠노라고 약속했다. 자코트는 목소리를 죽여 통화하고 있었다.

“나중에 다시 전화할게.”

자코트는 전화기에 대고 속닥였다. 전화 끊는 소리가 들리고 나서 뉘알라가 자코트를 향해 몸을 돌렸다.

“누구야?”

뉘알라가 물었다. 자코트는 한동안 잠자코 있었다. 자코트의 볼이 붉게 물들었다. 눈빛에는 생기가 돌았다.

"조르주야."

"조르주?"

뉘알라의 목소리가 방 안에 메아리쳤다.

"둘이 다시 만나는 거야?"

"응, 미안해. 지금은 무슨 말을 해 줄 수가 없어. 날 비난하진
않겠지?"

"조르주가 언니를 찾아왔어? 엄마 아빠도 알아? 응? 언니!"

"뉘알라!"

"알았어. 가서 공부나 해야겠다."

뉘알라는 등을 돌리고 문으로 향했다.

"잠깐만!"

자코트가 뉘알라를 불러 세웠다. 뉘알라가 걸음을 멈추었다.
뒤를 돌아보지는 않았다.

"너무 기분 나빠하지 마, 제발. 나중에 다 얘기해 줄게. 약속
해. 아직 확실하지가 않단 말이야. 이해하지?"

뉘알라가 고개를 돌려 자코트를 바라보았다.

"나 기분 나쁘지 않아. 그리고 언니 맘 다 알아."

자매는 서로 마주 보며 웃었다. 복도에서 할아버지 목소리가
천둥처럼 울리고 있었다.

“뉘알라! 뉘알라!”

뉘알라가 문고리를 잡고 말했다.

“이번에는 정말 잘되기를 바라.”

뉘알라가 정답게 말하고 할아버지에게 달려갔다.

2월, 개학하고 며칠이 지나 교문을 나서는데, 솔랑주에게서 문자 메시지가 왔다. 유아방에 가지 않아도 된다는 것이었다.

‘에스페랑스 아프다. 내가 데려왔다. 심하지는 않다.’

뉘알라는 교문 앞에서 문득 멈춰 서고 말았다. 학생들이 소란을 떨며 구름처럼 밀려 나오고 있었다.

“무슨 일이야?”

폴린이었다.

“에스페랑스가 아프대!”

뉘알라의 목소리가 불안으로 떨리고 있었다.

“많이 아프대?”

“모르겠어. 아니야, 엄마가 심각한 건 아니라고 했으니까, 아니겠지. 그런데 겁이 나 죽겠어. 에스페랑스는 한 번도 아픈 적이 없었어. 무슨 말인지 알겠니? 아직 갓난아기인데!”

건너편에 차 한 대가 서더니 경적을 울렸다.

“엄마다! 뉘알라, 집에 데려다 줄게.”

폴린이 말했다. 클로슈 호텔까지는 한참을 걸어야 했다. 버스를 타도 길이 막힐 것이다. 뉘알라는 길에서 시간을 허비하기가 싫었다.

“곤란하지 않으면 부탁할게.”

폴린의 엄마는 뉘알라를 따뜻하게 맞아 주었다. 첫 학기가 시작될 무렵 뉘알라의 임신 때문에 학부모 회의가 열렸을 때, 폴린의 엄마를 한 번 본 적이 있었다.

“아기는 잘 크니?”

폴린 엄마가 뉘알라에게 물었다. 적절한 대답을 찾아보려고 애쓰는 동안, 폴린이 끼어들었다.

“엄마 서둘러야 해, 에스페랑스가 아프대! 뉘알라는 지금 제정신이 아니야.”

폴린 엄마는 고개를 끄덕이고 가속 페달을 밟았다.

“별일 아닐 거야. 아기들은 원래 감기에 걸리기 쉽지. 게다가 아가방에 있으면 더 그렇고. 며칠 있으면 그냥 나을 거야. 두고 보렴.”

폴린 엄마가 뉘알라를 향해 말했다. 그 말을 듣고도 뉘알라는 여전히 가슴이 쿵쾅거렸다. 오늘따라 길은 왜 이렇게 막힌단 말

인가! 어쩌다 에스페랑스가 감기에 걸렸을까? 이윽고 클로슈 호
텔 앞에서 차가 멈추었다.

"고맙습니다!"

뉘알라가 폴린의 엄마에게 인사했다.

"너무 걱정하지 마! 금방 나을 거야. 나를 믿어!"

폴린의 엄마가 대답했다.

에스페랑스의 조그만 코가 잘 익은 버찌처럼 새빨갛게 되었다.
열에 들뜬 눈동자가 평소보다 훨씬 반짝이고 있었다.

"열이 좀 있구나. 38도를 약간 넘어. 일단 카탈진 아스피린을
먹였는데…… 방금 의사 선생님이 다녀가셨고, 할아버지가 약
국에 가셨어. 제일 골치 아픈 건 코를 뚫어 줘야 하는 것인
데……."

"엄마!"

뉘알라가 울음을 터뜨렸다.

"내가 어떻게 해야 해? 나 이제 어떻게 해?"

"뉘알라! 감기 정도로 벌벌 떨면 안 돼!"

솔랑주의 목소리는 부드러우면서도 엄한 구석이 있었다.

"하지만 이 조그만 것이 얼마나 고통스럽겠어. 봐, 또 울고

있잖아!"

"그렇구나."

솔랑주가 에스페랑스를 품에 안고 말했다.

"울게 내버려 두면 코가 다시 막힐 거야. 그러면……."

뉘알라가 벌떡 일어나서 귀를 막고 뛰어 나갔다.

"그만!"

뉘알라는 번개같이 방을 빠져나갔다. 계단 근처에서 자코트
와 조르주가 낮은 목소리로 속삭이고 있었다. 조르주는 자코트
의 휠체어 앞에 쪼그리고 앉아 자코트의 손을 꼭 쥐고 있었다.

"안녕!"

조르주가 뉘알라를 보고 앉은 자리에서 인사했다. 자코트는
더없이 행복해 보였다. 뉘알라는 고개를 까딱해 보이고 자기 방
으로 들어가서 문을 닫았다. 신발을 벗어 던지고 침대에 몸을
던졌다. 뉘알라가 아기를 낳아 기르겠다고 했을 때 자코트가 한
말이 떠올랐다.

"너한테는 끔찍한 일이야. 네 나이가 몇 살인지 알고 있는 거
지? 너 열다섯 살이야. 학교 끝나고 집에 와서 애를 안고 있어야
해. 숙제는 어떻게 할 거야? 시험은? 아기라니…… 그거 끔찍한
거야……. 무지하게 울어 대고, 시끄럽고, 자주 아프고…… 하

루 종일 쉬지도 못하고 애 꽁무니만 쫓아다녀야 한단 말이야.”

그때 그 얘기가 뉘알라의 머릿속에 나사송곳처럼 돌아가고 있었다. 에스페랑스는 그다지 울보는 아니었다. 하지만 몇 주간 진정기가 찾아오나 싶더니 다시 소란이 시작된 것이다. 한밤중에 일어나 젖병을 물리는 일은 이제 없어졌는데, 앞으로 며칠 동안은 밤을 새워 돌보아야 한다. 에스페랑스 요람도 뉘알라 방으로 가져와야 할 것이다.

뉘알라가 몸을 일으켜 책상을 흘긋 바라보았다. 책과 파일이 잔뜩 쌓여 있다. 그 사이로 크레파스와 그림 몇 장이 보였다. 뉘알라의 소녀 시절은 어디로 가 버린 것일까? 언젠가 다시 한 번 그 시절을 누릴 날이 올까? 누군가 조심스럽게 방문을 두드렸다. 문이 열리자 환하게 웃는 솔랑주의 얼굴이 보였다.

“뉘알라!”

꾸중이 담긴 부드러운 목소리였다. 솔랑주가 방으로 들어와서 뉘알라 옆에 앉았다.

“이런 건 아무것도 아니야, 너도 알지? 그냥 사소한 감기일 뿐이야. 오늘 밤 에스페랑스를 내 방에서 재우려고 한다. 오늘 밤만이야. 그래야 오늘 밤 네가 푹 잘 수 있겠어.”

뉘알라는 눈물이 솟아올랐다. 하지만 솔랑주의 눈빛 속에서 이제 울어선 안 된다는 명령을 읽었다.

"할 일이 많지?"

솔랑주가 물었다.

"약간…… 그래. 그리고 나 너무 피곤해."

뉘알라가 덧붙였다. 이 고백 속에 뭉클한 진심이 담겨 있었다. 솔랑주가 일어나서 뉘알라의 머리를 쓰다듬었다.

"잠깐이면 지나가는 나쁜 순간들이 있어. 공부에 집중해. 에스페랑스 걱정은 하지 마, 넌 혼자가 아니잖아. 알겠지?"

뉘알라가 고개를 끄덕였다.

"알겠어."

18

조르주는 하루가 멀다 하고 뉘알라네 집을 드나들었다. 사실, 클로슈 호텔에서 살다시피 했다. 아무도 왜 조르주가 발길을 끊었던 것인지, 자코트에게 감히 물어볼 생각을 못했다. 궁금해 죽는 건 뉘알라도 마찬가지였다. 자코트는 그 마지막 다툼이 있던 날 무슨 일이 있었는지 절대 말하지 않을 것이다. 아마도 조르주 역시 정확한 이유를 알지 못하겠지만 자코트는 결단코 그 때 일을 되짚으려 하지 않았다.

두 사람의 재회 자체가 기적이라며 피에르는 벌써 행복에 젖어 있었다. 사실 기적 뒤에는 할아버지가 있었다. 할아버지는 몽토르 병원의 류머티즘 과에서 조르주를 우연히 만났다. 1년에 한 번 있는 정기검진을 받으러 간 날, 조르주가 거기에 있었다. 조르주는 흰 가운을 걸치고 작달막한 할머니와 수다를 떨고 있었다. 처음에는 의사인 줄 알고 다가간 할아버지가 조르주를 알아보았다. 할아버지는 지팡이를 치켜들고 조르주를 불렀다.

"야, 인마, 조르주!"

건장한 노인이 지팡이를 휘두르며 흰 가운을 입은 청년을 향해 달려든 것이다.

"데세뉴 어르신!"

조르주의 목소리에는 진심 가득한 반가움이 잔뜩 묻어 있었다. 할아버지는 쉴 틈을 주지 않고 질문을 퍼부었다. 조르주가 물리치료사 과정을 마치고, 그 병원 류머티즘 과에 석 달 동안 견습생으로 일하고 있다는 것을 알아냈다. 할아버지는 조르주에게 저녁때 호텔로 한잔하러 오라고 했다.

"우리 하던 얘기는 끝내야지. 내가 보니 지금 무척 바쁜 것 같으니 말이야."

할아버지가 말했다.

"예, 사실 굉장히 바빠요."

난처한 목소리로 조르주가 말을 이었다.

"그리고…… 참 어려운 일이죠. 클로슈 호텔에 발을 들인다는 게."

"내 손녀딸 때문에? 물론 뉘알라 말고 자코트를 말하는 거야."

민감한 문제에 그렇게 아무렇지도 않게 한 방을 날렸다. 조르주는 말이 없었다. 얼굴을 붉히며 열두 살짜리 머슴애처럼 몸을 비비 꼬고 있었다. 조르주는 할아버지의 어깨 너머로 허공을 한참 보고 있다가, 무거운 목소리로 입을 열었다.

"할아버지, 그건 별로 좋은 생각이 아닌 것 같은데요."

하지만 할아버지는 예의를 갖추자고 물러서는 법이 없었다. 강압이 시작되었다. 할아버지는 언제나 그랬다. 언제나 주변 사람들에게 권위를 세우고, 권력을 행사하는 법을 알고 있었다. 결국 조르주가 항복했다. 그리고 그날 저녁 조르주가 호텔로 찾아왔다.

그사이 할아버지는 자코트를 데리러 갔다. 둘 사이 무슨 얘기가 오갔는지는 아직도 아무도 모른다. 하지만 조르주가 호텔 문을 열고 들어섰을 때, 자코트는 할아버지와 함께 조르주를 기다리고 있었다. 그때 뉘알라는 너무 바빠서 그 상황을 전혀 알지 못했다. 이전에 뉘알라가 방에 들어서자 전화를 바로 끊은 그 즈음해서 자코트와 조르주가 다시 연락을 시작했을 것이라고 뉘알라는 생각하고 있었다. 그 후로 조르주는 자주 찾아왔다. 뉘알라 느낌에는 클로슈 호텔에서 자고 가는 날도 있는 것 같았

다. 하지만 역시 자코트가 입을 열지 않기 때문에 아무것도 확
실히 알 수가 없었다.

오랜 시간이 흘러야 할지도 모르지만, 언젠가 자코트가 모든
것을 털어놓을 날이 올까?

한편 학교에서, 발랑탱 선생님은 어찌할 바를 모르고 있었다.
맥 빠진 연습에 선생님은 고개를 절레절레 흔들었다. 배우들은
처음과 달리 의욕이 많이 떨어져 있었다. 어떤 친구들은 대사가
너무 많다고 불만이었고, 다른 한편에서는 무대에 몇 번 나오지
않는다고 연습을 대수롭지 않게 생각했다.

"봄날이 우리를 괴롭히겠구나!"

4월 개학하는 날 세자르가 말했다. 5월의 징검다리 휴일을 계
산해도 연습 기간은 6주밖에 남아 있지 않았다. 공연은 학교에
서 하게 되었다. 에스코 해변의 야외 공연은 9월로 미뤄졌지만
할 수 있을지도 분명치 않았다. 덕분에 몇 가지 기술적인 문제
가 해결되었다. 하지만 발랑탱 선생님은 배우들 문제로 머리를
쥐어뜯고 있었다.

"다비드, 너는 네 역할이 뭔지 전혀 모르는구나!"

"어제저녁에는 알았단 말예요! 저녁내 폴린이랑 연습했단 말

예요. 폴린에게 물어보세요. 폴린! 폴린 어딨어! 말 좀 해 줘!"

폴린의 얼굴이 새빨개졌다.

'폴린과 다비드가 사귀는 걸까?'

뉘알라는 유심히 살폈다. 이즈음 학교 여기저기에서 사랑 노래가 피어오르고 있었다. 지난 목요일 5월 8일 징검다리 휴일에 끼어 있던 날, 발랑탱 선생님이 방과 후 연습 일정을 잡았다.

"오후 다섯 시부터 여덟 시까지. 이렇게라도 하지 않으면 절대 공연 못 올릴 거야!"

무대미술에서 중요한 부분은 다 완성되었다. 의상도 마찬가지였다. 배우들만 미완성이었다. 뉘알라는 수업 끝나고 유아방으로 가서 에스페랑스를 찾아 학교로 돌아오기로 결정했다. 친구들에게 에스페랑스를 보여 줘야겠다고 생각한 것이다.

에스페랑스는 정말 많이 자랐다. 정수리에 짙은 금발의 머리털이 돋아나 돌돌 말려 있었다. 에스페랑스의 짙은 눈동자와 금빛 도는 얼굴색은 할아버지를 닮아 생기가 넘쳤다. 할아버지는 자기 증손주라는 확실한 증거라며 행복해했다. 뉘알라가 에스페랑스를 품에 안고 연습장 문턱을 넘자마자 여자애들이 뉘알라에게로 달려들었다.

“어머나, 예뻐라!”

여학생들이 넋을 잃고 에스페랑스를 바라보았다. 발랑탱 선생님은 그 말썽 많은 셰익스피어도, 골칫거리 어린 배우들도 다 팽개치고 여학생들 틈에 끼어들었다.

“정말 많이 자랐구나. 뉘알라! 딸 한번 정말 예쁘게 낳았다!”

뉘알라는 어깨에 힘을 주고 자랑스러워했다. 제일 좋아하는 선생님으로부터 최고의 칭찬을 받았다. 학교생활이 엉망이었다면 이런 상황에서도 별로 즐겁지 않았을 것이다.

“지금 몇 살인 거야?”

폴린이 물었다.

“5개월하고 열엿새 되었어.”

무대 위에 하염없이 주저앉아 있던 세자르가 자리에서 일어나며 외쳤다.

“벌써, 5개월!”

그 순간, 세자르가 발을 삐끗하더니 중심을 잃고 무대 앞으로 몸이 기울었다. 세자르의 팔이 크게 허공을 휘저었다. 비극적이랄 수도, 희극적이랄 수도 있는 몸짓이었다.

“조심해!”

발랑탱 선생님의 날카로운 목소리가 천장을 때렸다. 우당탕

탕 부서지는 소리에 세자르의 비명이 섞였다. 뉘알라 품에서 에
스페랑스가 겁이 났는지 신음 소리를 냈다. 친구들은 벌써 무대
앞으로 몰려갔다.

"아, 내 발목! 내 다리! 아, 나 죽네!"

배우들 사이에서 간간이 웃음소리가 새어 나왔다.

"제발! 빨리, 어떻게 좀 해 봐!"

세자르가 애원했다. 웃고 있지 않았다. 고통으로 일그러진 표
정 사이로 분한 마음을 읽을 수 있었다.

"폴린, 다비드!"

발랑탱 선생님이 다급하게 불렀다.

"당장 교장실로 달려가서 구급대에 연락해!"

사고가 있고 며칠 뒤 발랑탱 선생님이 학생들에게 안타까운 소
식을 전했다. 세자르의 오른쪽 다리가 두 군데나 부러졌다. 세
자르는 무대에 설 수 없었다. 〈태풍〉 공연도 위기에 처한 것
이다.

"프로스페로에 대역을 써야 할 것 같다."

선생님은 힘없는 목소리로 말했다.

"음악 선생님 의견은 듣고 싶지 않아. 지금 난 너무 초조하단

말이야."

숨소리도 들리지 않는 교실을 발랑탱 선생님의 시선이 쓸고 지나갔다. 반년간의 수고와 노력이 허사로 돌아갈 상황이었다. 교실은 다시 침묵에 빠졌다. 손가락 하나 까딱하는 사람이 없었다. 그리고 아무도 선생님의 터무니없는 제안에 선뜻 나서지 않았다. 발랑탱 선생님은 학생들의 얼굴을 살피며 교실 구석구석을 더듬고 있었다. 그러다 뉘알라와 눈이 마주쳤다.

"뉘알라!"

선생님은 뉘알라의 이름을 부르더니 말을 잇지 못하고 잔기침을 했다. 뉘알라는 선생님이 무슨 말을 하려는지 이미 알고 있었다. 닷새 전부터 뉘알라도 머리를 싸매고 있었다. 세자르가 병원에 실려 가던 그날 저녁부터 뉘알라의 고민도 시작되었다. '프로스페로를 준비할 시간이 충분한 걸까?', '지금부터 공연 날까지 해낼 수 있을까?', '내가 진정으로 프로스페로를 원하고 있는 걸까?'

"네."

발랑탱 선생님은 말을 잇지 못하고 숨을 고르고 있었다.

"세자르 대신 프로스페로를 맡을 수 있겠냐고 묻고 싶으신 거죠?"

발랑탱 선생님이 고개를 끄덕였다.

"저는 기꺼이 맡겠어요. 할 수 있을 것 같아요."

"'할 수 있을 것 같다' 정도로는 안 돼! 확실히 할 수 있어야 해!"

"확실히 할 수 있어요."

뉘알라가 힘주어 대답했다. 우레 같은 박수 소리에 교실이 떠나갈 것 같았다. 뒷줄에서 볼멘소리가 들렸다.

"하지만 저는요, 뉘알라랑 연기할 수 없어요."

카퓌신이 외쳤다. 카퓌신의 눈에 눈물이 가득했다. 장난 같지 않았다.

"저는 세자르 연기에 너무 익숙해졌단 말예요. 세자르 때문에 제가 진정으로 바라는 게 연극이란 걸 알았어요. 싱크로나이즈드 스위밍 국가 대표 따위는 더 이상 관심 없어졌다고요. 수영도 관심 없어요. 이해하시겠어요? 다음 학기부터 연극으로 전공을 바꿀 거예요. 모두 세자르가 그렇게 만들어 준 것이라고요. 부모님께 등 떠밀리지 않고 저 스스로 하고 싶은 일을 찾은 건 이번이 처음이에요. 그런데 뉘알라와 무대에 서라니……."

교실 여기저기에서 반대 목소리가 나왔다.

"뉘알라는 충분히 잘할 수 있어!"

"뉘알라만큼 프로스페로를 잘 아는 사람이 없잖아."

"내 말은 그런 뜻이 아니야."

카퓌신이 항변했다.

"카퓌신이 무슨 말을 하려는지 난 이제 이해할 것 같구나."

발랑탱 선생님이 끼어들어 소란을 잠재웠다. 선생님은 자리에서 일어나 카퓌신을 향해 걸어갔다. 누가 봐도 너무 연극적인 태도로 카퓌신은 팔짱을 끼고 선생님을 기다리고 서 있었다.

"뉘알라의 연기가 아마도 세자르와 많이 다를 테니까, 네 연기가 제대로 살아날 것 같지 않다는 것이구나. 같은 맥락에서 공연이 끝나고 무대 인사할 때도 여자애랑 걸어 나와 인사해야 한다는 것이 문제고. 그렇지?"

"네…… 아마, 그런 것 같아요. 세자르랑 호흡을 맞추는 데에도 애를 먹었다고요. 만약 뉘알라랑 연기를 해야 한다면…… 미안해 뉘알라, 하지만 네가 세자르만큼 잘할 수는 없는 거잖아."

"아마도 그렇겠지."

기분이 많이 상한 목소리였다. 뉘알라는 발랑탱 선생님의 제안을 덥석 받아들인 것을 후회하고 있었다. 사태가 이렇게 돌아갈 줄 예상했다면 뉘알라는 한구석에서 잠자코 있었을 것이다. 이제 모두 뉘알라가 세자르의 영광을 빼앗으려 한다고 생각할 것이다.

"알았다."

선생님이 말을 이었다.

"한번 시도는 해 볼 수 있지. 그렇지? 방과 후에 특별 연습을 한 번 더 하자. 그러니까 금요일 저녁에. 모두 괜찮니?"

여학생 하나가 손을 들었다.

"저는 안 돼요. 치과에 가야 하거든요."

"좋아, 그럼 다른 사람들은?"

뉘알라를 포함해서 모두 고개를 끄덕였다. 카퓌신만 잠자코 있었다.

"야!"

옆에 앉아 있던 다비드가 팔꿈치로 카퓌신을 툭 쳤다. 멍하니 앉아 있던 카퓌신이 정신을 퍼뜩 차렸다.

"네, 저도 한번 해 볼게요."

모두 안도의 한숨을 내쉬었다. 뉘알라와 카퓌신의 눈길이 마주쳤다. 둘은 어색하게 웃었다. 뉘알라는 금요일 연습으로 모든 것을 결정지어야겠다고 결심했다. 반 전체를 위해서라도 그래야 했다.

19

뉘알라가 무대에 오르자 공연 연습은 전혀 다른 분위기로 진행
되었다. 삶이란 그런 것이다. 끊임없이 변화하는 상황에 적응해
나가는 것이다. 뉘알라는 최선을 다해 카퓌신의 연기에 맞춰 자
신의 연기를 고쳐 나갔다. 속마음은 어땠는지 몰라도, 카퓌신
역시 뉘알라의 연기에 적응하려고 애썼다. 발랑탱 선생님은 만
족스러워했다. 음악 선생님도 마찬가지였다. 예정대로 6월 23
일에 〈태풍〉의 막이 오른다. 공연 포스터가 도시 전체에 붙었다.

클로슈 호텔도 평온했다. 집을 나서려는 기색이라도 보이면 부
모님은 온갖 잔소리를 해댔다. 그것 빼고는 평온했다.
　'어디 가니?', '누구네 가니?', '같은 반 친구니?'.

이렇게 시작된 질문은 자동적으로 이렇게 이어졌다.

'늦게 들어오지 마라', '그런 파티에는 안 가는 게 나을 것 같구나……'.

지난주에는 솔랑주가 뉘알라에게 남자 친구가 생겼는지 넌지시 떠보는 것이었다. 혹시 뉘알라가 사랑에 빠졌을까?

"애인이 있어서 임신한 것도 아니었어."

뉘알라는 퉁명스럽게 대답했다. 솔랑주는 언제나 못 들은 척했다. 그게 다 뉘알라를 위해 그러는 것이라고, 부모님은 뉘알라를 사랑하니까 그러는 것이라고 했다. 뉘알라는 딸을 집에 가둬 두는 이상한 사랑법이라고 생각했지만 입 밖으로 꺼내지는 않았다. 괜히 솔랑주의 걱정만 커질 것이 뻔했다.

공연 전날, 열두 시에 모든 수업이 끝났다. 학생들은 대부분 집으로 돌아갔다. 오후에 총연습이 있다. 발랑탱 선생님은 배우들에게 연습 때까지 좀 쉬었다 오라고 했다. 뉘알라는 로주 유아방으로 가는 버스에 올랐다. 에스페랑스를 집에 데려다 놓고, 시간이 남으면 해변을 산책할 생각이었다. 오늘 아침 구종 교장 선생님이 반마다 들러 학사위원회 회의 결과를 전달하고 갔다.

뉘알라는 바라던 대로 문학부에서 2학년을 다닐 수 있게 되었다. 내년 이맘때쯤에는 프랑스어 대학입학자격시험에 응시할 자격이 생긴다. 내년 6월이면 에스페랑스는 어떻게 변해 있을까? 아마 혼자 걸을 수 있겠지. 뇌알라는 아마도 짬도 내지 못하고 에스페랑스를 쫓아다녀야 할 것이다.

유아방 근처에서 버스가 멈췄다. 젊은 부인이 뇌알라와 함께 버스에서 내렸다. 두 사람은 같은 방향으로 걸었다. 앞서 가던 부인이 아가방 현관문을 잡아 주며 물었다.

"동생 데리러 왔나 봐요?"

"아니요, 제 딸을 데리러 왔어요."

뇌알라는 거슬린 마음을 들키지 않으려고 눈길을 돌렸다. 그리고 곧장 보육사 사무실로 갔다.

"에스페랑스를 데리러 왔어요."

뇌알라는 에스페랑스를 안고 거리에서 버스를 기다리고 있었다. 잠시 망설였다. 배가 부른 에스페랑스는 엄마 어깨에 머리를 기대고 졸았다. 버스 안은 상당히 더울 것이다. 마침 바람은 선선하다. 뇌알라는 아이를 안고 집까지 걸어가기로 결정했다.

콜베르 가를 지날 때, 뇌알라는 어릴 때 다녔던 유치원 앞에서 걸음을 멈췄다. 울타리 안 형형색색의 플라스틱 장난감 주변에서 아이들이 양떼처럼 몰려 다녔다. 서너 살쯤 되어 보이는 여자아이가 한 손에 인형을 들고 거리를 바라보고 있었다. 에스페랑스는 깊이 잠들어 있었다. 뉘알라는 걸음을 멈추고 에스페랑스를 고쳐 안았다.

"우리 엄마가 저를 데리러 오실 때가 되었어요?"

여자 아이가 울타리로 다가와서 물었다. 뉘알라가 고개를 가로저었다.

"아니, 아직 시간이 안 된 것 같은데!"

뉘알라는 여자아이에게 환하게 웃어 주었다. 그리고 걸음을 옮겼다. 시간이 흐를 것이고 에스페랑스도 자라서 유치원에 가게 되고, 친구들과 함께 엄마를 기다릴 것이다. 에스페랑스의 이야기는 아일랜드에서부터 시작되었다. 머릿속의 퍼즐 조각들은 아직도 사방에 흩어져 있다. 하지만 숀의 이름을 영원히 지우려는 욕망은 날이 갈수록 무디어진다. 숀은 에스페랑스의 아버지이다. 오랜 시간이 흘러 어느 날, 그 이름은 에스페랑스의 출생에 얽힌 동화 같은 이야기 속에 중요한 실마리가 될 것이다. 뉘알라가 그 이름을 잊어서는 안 된다.

에스페랑스가 잠투정을 한다.

"아가, 조금만 참아."

뉘알라가 속삭였다.

"5분만 가면 집이야."

사회적 약자를 보호한다는 것은

뉘알라는 열다섯, 우리 나이로 열여섯 살, 우리나라 학년제로 하면 고등학교 1학년. 뉘알라가 임신했다. 그리고 아이를 낳았다.

왜 뉘알라는 돌이키려 하지 않았을까? 선택을 할 때에 어떤 결과를 예상하는 것은 분명하다. 하지만 삶은 예상했던 대로 되지 않는 게 다반사다.

작품을 처음 검토할 때부터 줄곧 역자를 따라온 질문이 있었다. '한국 사회에서라면 당연한 수순처럼 생각되는 일련의 사건들, 중절 수술이나 출산 후 입양과 같은 일들을 피해서 뉘알라가 자신의 신념에 따라 아이를 낳기로 결정을 할 수 있는 사회적 배경이 있지 않을까?' 하는 것이었다.

몇 년 전에 한 방송국이 프랑스의 모성복지에 관한 다큐멘터리를 제작한 적이 있었다. 그때 영상 번역으로 참여했는데, 피디는 아기 엄마를 만날 때마다 '출산 수당 때문에 아기를 낳으셨습니까?' 하고 질문했다. 피디는 '그렇다'는 답을 얻고 싶었을 것이다. 그리고 이렇게 주장하고 싶었을 것이다. '출산 수당은 출산율을 높이는 데 도움이 된다.' 안타깝게도 아기 엄마들은 피디의 간절한 질문에 하나같이 황당한 표정을 지으며, '아니오, 전 아기를 낳고 싶어서 낳는 거예요' 라고 대답했다.

제작진은 촬영이 끝날 때까지 질문에 문제가 있다는 것을 파악하지 못했다. 정말 안타까운 일이었다. 피디가 구상한 결론은 틀리지 않았다. 하지만 출산율의 문제가 사은품을 얹어 주면 특정 상품의 매출이 올라가는 경제 논리를 따르는 것은 아니다.

질문은 이렇게 바뀌어야 했다. "아기를 갖는데 경제적 고려를 하십니까?" 혹은 "돈 때문에 아기를 가질 수 없습니까?" 피디의 질문은 우리의 상황을 적나라하게 드러낼 뿐이다. 출산과 양육에서 경제적인 문제가 가장 중요한 우리 사회의 상황을 말이다. 하지만 빗나간 질문과 대답에는 뭔가 중요한 것이 반짝이고 있었다. 바로 모성복지의 핵심이다. 모성복지의 핵심은 경제적인 문제로 아이를 갖지 못하는 일이 없도록 하는 것, 즉 한 개인이 사랑이나 화목한 가정 따위의 개인적 가치에 근거해 판단하고 행동할 수 있도록 출산과 육아에 관한 사회적 장애물을 제거하는 것이다. 그 다큐멘터리에 소개된 나라는 임신에서 출산까지 개인이 부담하는 비용이 전혀 없었다. 이제, 우리 사회의 장애물을 잠깐 살펴보자.

임신에서 출산까지 1인당 평균 진료비는 총 185만 원, 이 중 실제 산모가 부담하는 비용은 102만 원(진료비의 55.1%)(2008. 4.21 국민건강보험공단의 보고서). 출산은 병이 아니라서 의료보험 적용을 할 수 없다는 뜻이다. 앞으로는 더 나아질 것이라고 하니 지켜볼 일이다.

국회 저출산고령화대책특별위원회 한 국회의원이 기저귀, 분유에서 부가가치세를 면제하는 법을 제안했다(2008.11.22 헤럴드 생생뉴스). 그러니까 21세기 초 대한민국에서 기저귀와 분유는 사치품이다.

최저임금 일당이 320,00원이니까 최저임금 근로자가 하루도 안 쉬고 한 달 내내 일한다고 하면 한 달 월급 96만 원. 아기 엄마가 전일제로 일한다면 아기를 맡기는 데 드는 보육비는 최하 70만 원, 평균 80~120만 원 선이다(취업 포털 인크루트의 2007년 조사).

여기에 아이들의 성장과 함께 무럭무럭 자라나는 사교육비를 살짝 얹어 보자. 보육 비용과 함께 높은 사교육비 부담(소득의 20.5%)이 출산을 기피하거나 중단하는 원인으로 작용한다(한국보건사회연구원, 저출산 원인 및 종합대책 연구, 2006).

이와 같은 상황에 비추어 만약 우리 사회에서 청소년이 출산을 결정한다면 사회적 편견은 별개로 하더라도 아이를 기르는 것 자체가 불가능하다.

굳이 루소를 기억하지 않더라도 이렇게 생각해 볼 수 있다.

자연 상태에서 혼자 힘으로 극복할 수 없는 장애물을 만난다면, 개체들은 집단을 이루게 될 것이다. 둘은 하나보다 더 큰 힘을 발휘하니까. 그리고 여러 가지 위협으로부터 서로가 서로를 지켜 준다는 신뢰가 있을 때에만 집단은 유지될 것이다.

집단 안에서 약자를 더 약하게 만드는 것은 전체에 전혀 도움이 되지 않는다. 그것으로 집단 전체의 힘이 약화되기 때문이다. 약자를 도태시키는 것은 더 생각할 수 없는 것으로, 전체의 규모가 줄어들기 때문이다. 약한 개체는 보호되어야 하며, 집단은 최선의 보살핌으로 약자를 더 강하게 만들어야 한다. 그만큼 전체도 더 강해진다. 그러므로 집단을 유지하는 힘은 경쟁이 아니라 신뢰와 협력과 애정이다.

이런 맥락에서 복지 정책이란, 선심이나 혜택이 아니라 전체를 강화하는 장치이다. 성장이 먼저냐, 분배가 먼저냐 하는 따위로 얼버무릴 수 있는 문제가 아니다. 많은 사람들이 선진국은 복지 정책을 시행할 만큼 충분히 부유하다고 생각한다. 더 부유해지면 우리나라도 그렇게 될 수 있을 것이라고 말한다. 혹시 반대는 아닐까? 그들의 훌륭한 복지 정책이 그 나라를 부유하게 만든 것은 아닐까?
두 가지 예가 있다.

1990년 대, 대한민국은 국민소득 1만 달러 시대를 목표로 달렸다. 2000년 대, 2만 달러 시대를 외쳤다. 이제는 4만 달러가 목표라고 한다. 그리고 대한민국이 세계 경제규모 10~13위의 경제대국이라는 자랑에 찬 목소리를 듣게 된다. 그런데 왜 시간이 흐를수록 삶은 더 피폐해진다는 인상일까? 단적으로 나는 내가 2000년 대의 청소년이 아니라는 사실에 안도할 때가 있다.

1945년 2차 세계대전이 끝났다. 전쟁은 누구에게나 어려운 상황이었을 것이다. 우리 역사가 가장 잘 알고 있지 않은가. 다음은 1945년 10월 4일 프랑스 레지스탕스 의회가 발포한 행정령의 일부이다.

제1조 – 소득 능력을 제한하거나 제거할 수 있는 모든 위험으로부터 노동자와 그 가족들을 보호하고, 모성 부담과 가족 부양의 부담을 해소할 수 있는 사회 안전망을 조직한다.

약자를 짓밟는 것도, 약자를 방치하는 것도, 약한 상태로 유지하는 것도, 전체를 더 약하게 할 뿐이다.

2009년 1월 김동찬

사소하게
대단하게
별스럽지 않게

마리소피 베르모 글 • 김동찬 옮김

1판 1쇄 인쇄 2009년 1월 15일
1판 1쇄 발행 2009년 1월 22일

발행인 서경석 | 편집인 김민정 | 편집 이윤정

발행처 청어람주니어 | 출판등록 제1081-1-89호
서울시 마포구 성산동 254-10 202호
전화 02-323-8225, 6 | 전송 02-323-8227
junior@chungeoram.com

ISBN 978-89-251-1654-9 43860